U0733764

校园蒲公英励志丛书——

一本书就是一段生命历程；一本书就是一个美丽的世界；

一本书就是一个让人神往的梦想！忍不住回味咀嚼……

靠近一本书，让一本书与您和谐相伴，这是享受美丽人生的开始……

当本书系悄悄地走近您的生活时，您便拥有了这个世界上最多的梦想和力量！

李婧
LI JING

主编

理想在左 现实在右

—— XIAO YUAN PU GONG YING ——

WUHAN UNIVERSITY PRESS
武汉大学出版社

图书在版编目（CIP）数据

理想在左，现实在右／李 婧 主编. — 武汉：武汉大学
出版社，2013. 10
（校园蒲公英励志丛书）
ISBN 978 - 7 - 307 - 11972 - 7

Ⅰ. ①理…　Ⅱ. ①李…　Ⅲ. ①散文集 - 中国 - 当代
Ⅳ. ①I267

中国版本图书馆 CIP 数据核字（2013）第 252003 号

责任编辑：刘延姣　　责任校对：于月英　　版式设计：大华文苑

出　　版：武汉大学出版社　　（430072　武昌　珞珈山）
发　　行：武汉大学出版社北京图书策划中心
印　　刷：北京一鑫印务有限责任公司
开　　本：710×960　1/16
印　　张：13
字　　数：156 千字
版　　次：2013 年 11 月第一版
印　　次：2013 年 11 月第 1 次印刷
书　　号：ISBN 978 - 7 - 307 - 11972 - 7
定　　价：29. 80 元

版权所有，不得翻印。
凡购我社图书，如有质量问题，请与当地图书销售部门联系调换。

目　录

第一辑　青春是一首诗

第二辑　梦想是一场冒险

第三辑　理想就像烟花

第四辑　现实如同流星

第五辑　现实走在理想右边

第一辑
青春是一首诗

一叶凝聚的青春

亲爱的同学，你们看我手上拿的是什么？是一片绿叶吗？不错。然而它仅是一片绿叶吗？不，它是一叶凝聚的青春。我们读它，仿佛是在与那转瞬即逝的青春对话。从这里，我们看到了青春的风姿与色彩。绿叶婆娑，那是青春的绽放；黄叶飘零，那是青春的受损。面对它，我们有什么理由不珍惜青春呢！

莎士比亚说："青春是一个短暂的美梦，当你醒来时，它早已消失无踪。"是啊！岁月如流水，不断逝去，却又源源而来，惟有青春一去不复返。但是，却是青春，催发我们的躯体，启迪我们的智慧；也是青春，灌输给我们热烈的感情和坚强的心智。

我们是充满激情的一代，我们是奋力进取的一代，年轻的我们拥有不老的青春，我们有朝气、有勇气、有毅力！

然而在 2005 年的高考中，我们却失败了。可是，我们为什么失败？为什么不能做得更好些？我们该怎样在飞驰的时间列车上，领略窗外的风光？并使自己成为一道靓丽的风景？

头顶的梦想与残酷的现实在明澈的空气里若隐若现，犹如地震后的恐惧，向我们压来。泪，在夜里悄悄地流；心，在夜里暗暗地痛。

解剖自己也许是痛苦的，可这之后往往意味着一次重生！是麻木与自卑，是安逸与退缩，是竞争意识的淡薄，导致我们名落孙山！我们终于明白：如果是水，就该汇成波浪；如果是土，就要垒成大山。即使是最后一名的长跑运动员也要笑着流泪。于是，步履不再沉重，笑容不再慵倦，把泪水给昨天，扮个鬼脸给今天的自己，激荡的少年擎起猎猎青春帅旗，总想来点人生大写意！因为年轻，我们有无限的精力，所以我们树雄心、立壮志，像飓风一样无所畏惧，敢于挑战，勇于拼搏，让理想在沃土中萌生，在风雨中成长，在阳光下灿烂。

那一次沉重的跌倒，使我们懂得：青春不只是秀美的发辫和花色的衣裙。在青春的世界里，沙砾要变成珍珠，石头要化作黄金。青春的所有者，也不能总在高山麓、溪水旁，谈情话、看流云。青春的魅力，应当叫枯枝长出鲜果，沙漠布满森林。大胆的想象，不倦的思索，一往无前，这才是青春的美，青春的快乐，青春的本色。

于是，在奋斗中，我们学会了忍耐和自信；在不懈的追求中，我们学会了遇到讥讽嘲笑而不为之所怒；在拼搏中，我们学会了屡战屡败时获得坚定的信念和"行到水穷处，坐看云起时"依然豁达、明朗。

席德布朗说："青年是生命之晨，是日之黎明，充满了纯净、幻想及和谐。"拜伦说："青年人满身都是精力，正像春天的河水一样丰富。"而罗曼·罗兰说："青年人有他们应有的天真和率直，有创造性，不怕碰钉子、得罪人，这是青年人的本色！"

因为年轻，我们有着不畏艰险的气魄；因为年轻，我们顶着无数质疑的目光和指责的言论，用生命去追求梦想；因为年轻，我们义无反顾地荡起希望的双桨，百舸争流，用实力闯出一片天地。

心随乐音舞，天赋成华章。从雅典残奥会闭幕式到2005年春节联欢晚会，《千手观音》一段舞蹈让世界惊艳。因为，舞者听不到音乐。一群青春的使者，用她们的沉默，用她们的无声，带给人们一个思想上的震撼！她们谱写了一首青春的赞歌！

不停地进军，不懈地追求，我们在知识的海洋里遨游。尼采说："受苦的人，没有悲观的权利。"是的，正如地震时，没有喊晕的权利；失火时，没有怕熏的权利；战场上，没有怕死的权利。只有不喊晕的人，才能逃离危楼；只有不怕熏的人，才能逃离火海；只有不畏敌的战士，才能取得永久的胜利。

因为年轻，我们从头再来。我们向全世界证明：我们不怕失败。我们向着心中既定的目标奋勇前进，争做有志者：胜不骄，败不馁。用火一样的热情，全身心地投入。我们要做沸腾的铁水，每一滴，都发出高热，我们走到哪里，就把哪里的黑暗和寒冷驱散。我们要做个萤火虫，永远朝着光明的去处走，即使在前进的途中，粉身碎骨，也要唱着高歌不回头！我们出生在文明而古老的国度，为什么不能在这片国土上创造惊天动地的奇迹？为什么不能一个人迸发出三个人的威力，让神话里移山拔海的英雄在上空叹息？

啊，我同时代的伙伴们，青春属于你，属于我，属于我们每一个人！我们是时代的弄潮儿，让青春闪光是我们神圣的职责！让我们把青春奉为梦想，把梦想化为行动，用我们的青春和激情，扬起生命的旗帜，去奏响追求生命与和谐梦想的乐章吧！

画龙点睛

失败，不怕，只要爬起来就好；寂寞，不怕，只要调整心态就好；无助，不怕，只要重燃希望就好。我们什么都不怕，因为我们年轻，因为我们活在生命最璀璨的年华。

当人生遭遇挫折时，青春的火花能驱散阴霾；当人生面临低谷时，青春的火花能让人重新燃烧激情。青春，让歌声永远最嘹亮！

属于我们的美好青春

每逢春季，我们这群守园人总是能感受到一片含着绿意的湿气，从飘着阳光的守候平衡的赤道的方向而来。南风必定是卷着海边流浪儿的脚印，带着正在呼吸着阳光的鲜花的问候，飘向这个平静的桂林南边的小隅来的。这季花在编年，风在编年。

飘雨的季节，我们总是怀念阳光的暖袖，不知道是谁说过，天下的日子是风吹过阳光编下的，所以人们经常举杯邀月，对饮清风。相传有一季花是这样子开的：它生长在河流的源头没有阳光，但是它又是被东边的第一缕阳光刺破花苞，当然它是看不到阳光的，但是阳光的力量它感受得到，这种感情叫心有灵犀。

喜欢集体那种热闹的日子，且是过几日便择一日，去打打球，去换下空气，还记得我们在排球场上编年的时光么？两个男生拖着七八个女生，手误敲脑袋的事情经常发生，欢笑声回荡在体育馆中。我们参加排球比赛，那时候我们惊呼，谁是我们的虎翼，谁是凤头，训练是一件集体的事。喜欢每学期的劳动课；喜欢看大家都穿着白色校服的那些日子；喜欢四个人扛一把锄头，美其名曰合作、团结力量大；喜欢大家一起上课的日子；喜欢老师在每双专注的眼神前表扬我们的时光。

我们经常来到桃园餐厅前的那棵桃花树前，只为看看它在哪一年会遇上它的爱人，然后结出桃子，结果在第二年的时候，它依然只有花。于是我们便打算把这份观察的任务交给下一代，当这个疑问跨越千年的时候，桃花树下也许因为这个疑问而成就了很多欢乐，因为树的年轮是闭合的，完美的。

　　在属于我们这个集体的又一季中，花也轮回风也轮回，我们还在一起快乐地轮回着，编写着。

画龙点睛

　　这是一个充满理想的季节，这是一个爱拼才会赢的季节。也许过去或多或少的痛楚会占据我们的脑海，充斥我们的心房。但过去的早已过去，失去的早已失去，不要为早已过去的和早已失去的而悲伤悔恨，因为它毕竟不属于现在。让我们封锁记忆，在风雨中站起来，找回执著。不要说放弃，请相信：日子里总会有阳光，向前总会有希望！

美好的青春记忆

远处垂柳的风姿，摇曳在翠湖柔软的心底，泛起一阵阵涟漪。一记白云划过，轻盈地，仿佛从未有过。刹那恍惚，时光，犹如白驹过隙，留下莫名的感伤。耳边嘈杂的热闹，在眼底幻化成淡淡的泪光。深深浅浅的三叶草，熙熙攘攘。凉白的装扮，衬着绿裙，对阳光的热恋如驱车直过无人之境，那般铺天盖地，沧桑华丽的邂逅，也许只在此刻流离。

几尾游移的小鱼，晃着小脑袋，殷羡的遥望那漫天飞舞的柳絮——纯白如云，疏淡如云。我轻声地叹息，下一刻看见水里孤单的雕像，略带忧伤，像对着玻璃橱窗。

我好像在梦里前进，想要抓住曾经那温暖的手心，却感觉你的皱纹，有了岁月的痕迹。回忆，心里下着雨，愈发看不清。曾经微笑的脸庞，在我跌倒的地方，告诉我要坚强。因为有你在身旁，我才相信黑暗总会被阳光点亮；因为有你在身旁，我才坚持那泪光，也会因为幸福而流淌。

忆起你伸出的手，亲切的话语仿佛还在耳旁："以后我们就是你们的哥哥姐姐，手足兄弟，有事吱一声，服务立马就到。"我仰望，连微笑也飞扬，仿佛载着阳光。

好想一个人失忆，就这样远离。你的背影，要让我怎样才能适应？就当我任性，不懂得微笑放手，让我一个人躲在角落里安静地呼吸。以前的一句话，成为我们彼此以后的伤口。独自收集光阴，任那泪水渐渐结成冰。

伤心的歌，唱过一次就忘掉。缘分让我们遇到，然后彼此依靠，孤单被寂寞吞掉了，你成为了我窗外的另一道风景，你的呼吸还在我的记忆里，却只留下背影。

想要把你打个结，绑起来，捏在手心里，二十四小时不分开。对昨天说 bye - bye，跟你一直并肩到未来。

想要把你穿根线，戴起来，贴在心窝里，分分秒秒在一起。怀揣梦想，手牵手一起走上青春的舞台。

预留的伏笔，该是早已清晰，为什么到了最后，徘徊在曾一起走却即将走失的路口，心仍会抽泣？像土壤抓紧花的疑惑。每个背影，每个场景，刻在心中拍打着脉搏。

如果把心变成透明的颜色，我是不是就不会心痛了？把昨天拽在手心，越是温暖的回忆越是伤人，时间在手心留下密密麻麻深深浅浅的伤痕，最终又被时间抚平。我看着烟雾随晨光飘散，枕畔的湖已风干。时光荏苒，青春还在灿烂，落花铺成的红色地毯，带领我们走到未来，无论多远我们仍然会遇见，无论多久我们也依旧会再见。那么就让我们把此刻多余的忧伤暂时忘却，全力描绘我们未来生命的篇章，总有一天当我们回头看时，会发现这么多年走来它依然一字一句都灿烂。

要走了，明知不能留。未来的某天，或许会忧伤，或许会悲凉，或许……我们最好微笑挥手，并肩看天空的夕阳。

年少时的梦，像朵永不凋零的花。

岁月席卷，我们却听到时间磨损的声音。

我们似乎还能记得，开始的开始，走进来时那带点茫然带点紧张的眼神。

可在这最后的最后，在我们来不及喘息的伤感里，我们又不得不走了。

踱下教学楼，走过操场，穿过食堂，经过绿树红墙、欢声笑语，流连在路的尽头，我们一再回望。这或许是我们第一次，也将是最后一次，用从未有过的无比珍惜又无比肃穆的心情，把眼光撒在岁月的每个角落。

画龙点睛

　　一路上，我们看着彼此成长。多年后，我们是否还会想起夜里萤火虫晶莹的光。还有那柳树叶，放在唇边，清脆的回响。追着晨风，看月亮披着一层思乡的霜。食堂门前的开水瓶，摆的跟长城一样长。这个时候，是不是会有一条悲伤的小河在心底静静地流淌。

短暂的青春

　　我依旧在怀恋，怀恋曾经的美好，怀恋曾经的人和事。现实太过于苍茫，我总是半夜彷徨。独自一人的时候心是平静无波安然静止的，眷恋着曾经的一切深深不能自拔。

　　窗外的冷风袭袭吹来，渲染着夜的凄寒，落叶飘过窗前，目随叶动，飘向远方。树梢花儿萧萧落下，满地红花重凄凉，一夜花落便成冢，甚是惹人心伤浓浓。薄雾轻起，思绪悠悠忽忽如坠五里云雾。晃晃悠悠犹如做梦一般，我看见了曾经熟悉的风景，那是一幅校园惟美画面。那时的人，那时的事，那时的情，那时的景无不历历在目，似深非浅的在脑子里一闪而过。于是难过爬上心头，悲伤在嘲笑我，它嘲笑我内心的柔弱，无法看透往事如烟云。

　　人总是容易触景伤情恋恋不忘过去，谁都无法逃脱记忆的牢笼。人生一路漫漫走来，细数过往的云和月，直到满心落寞情怀，一直无法做到淡漠幽雅静心居。总是会时不时的想起过往，既然是过往，那便是过之而往，若要说有墨迹，那便是伤痕。回忆在我心间一直是一座无法触碰的城堡，害怕被触及也不敢去抚摸，那里面住着一些无法回忆却又不得不回忆起的人。只要一点点黑风暴雨袭来，或许那座城堡便有可能在转眼之间被摧毁殆尽。而那些回忆的弦总是有一下没一下的触动我心，令我肝肠寸断。

　　我追逐童年的美好，却是落地生花人苍茫，时光淡化了一切的美好。花开岁月静好，花落时光变迁，昙花一现之美，静候曾经的水墨年华。浮华尘世，放声高歌却唱跑了年华的曲调，荏苒时光巧弄纤云，年华沧桑成烟云。变化太大，心伤太快，人走茶易凉，事物变迁过于仓促。稍纵即逝的年华，我曾经用心谱曲的歌已经在时光的流淌中逐渐褪色，褪尽繁华终剩黑白，彩色童话变成满卷的心酸泪。

黑夜无边，淹没容颜，浅心聆听风声，带来的是一片萧条，闭眼沉浸在过去，思想已不复当初纯美。眷恋的人，怀恋的事已经面目全非。时光悄然，一切都在潜移默化中蜕变，变的不止是我，还有我依依不忘的那些人，我们都成了岁月的俘虏。在心间默念，忘却悲伤，放掉眼泪一切是必然，不伤不痛，平静对待一切。

画龙点睛

岁月的风帆，划走了过往的美好，世人都无法忘记过去，有过去才有未来人却无法逃离。昙花一现，美丽是年华。既然如此，那么就化悲伤为力量在人生的路途中走好每一步。总结经验，记住教训，淡忘过去，奔向未来，为青春扬帆启程，相信明天会更好。

让青春梦想飞起来

梦想，是我们内心深处一个渴望自己出人头地的潜意识！因为梦想的存在，生活才变得更加富有意义。

我们深深体会到，求学要有理想，但切忌理想化，单靠梦想并不能使你成功，主观世界的追求离不开在客观世界中的打磨与历练。求学要做最坏地打算，同时要尽最大的努力，对困难估计的越多越好。

如果你有求学的冲动，想改变生活的现状，无时无刻不梦想着成功，我们会发自内心地为你鼓掌。但这个世界真正能帮助你的人只有你自己，没有人能代替你激发自身的潜能，再好的琼浆摆在面前，你自己不动手取，也不过是幻影。

求学并不是一个轻松的话题，也很难用一两句话概括其中的内涵。这个世界上没有什么比苦苦坚持更难的事情了，但生命的精彩也就在一次次突破自我极限的超越之中。要想做出一番非凡的事业，必然要训练出非凡的筋骨，每一次痛苦都是一次成长的机会，生命也会收获相应的厚度与广度。实际上，多年的求学时光已经使我们学会了享受非常态的生活。

要庆幸自己的青春生活在一个人人都渴望成功并且有机会成功的年代里，要相信一切皆有可能。但担忧的是，现在很多年轻人一谈起"求学"这个字眼就心生荡漾，好像成功便可指日可待，恨不得一夜之间重演成功者的传奇，用两三步走完先行者数十步、数百步才走完的路。

不得不告诉你们事实的另一面：你们迄今为止所看到的一切成功

者，都只是阳光下浮出海面的冰山一角，并不是真相的全部；而你所津津乐道的那些成功人士的戏剧性瞬间，大多是经过媒体放大的结果。

没有人生下来就是弄潮儿，所有求学者都呛过咸涩的海水，都经历过人生的意外打击，也都有过想放弃的时候，都曾有孤立无援、四面楚歌的时候，他们都是平凡的肉身。惟一不同的是，他们没有被所经受的痛苦摧毁。那些没有能消灭他们的东西，使得他们更强壮，慢慢地懂得了成长的秘密，懂得了以一种健康、积极的心态来面对人生。这也算是意外的收获吧！这也应该是我们需要借鉴的！

让青春与你的梦想一起奔跑！

画龙点睛

青春，是一个人一生中最宝贵的时光。青春期的我们骨子里和血脉里已经有一种东西在流淌：只要向前，困难虽比我们想象的要多，但方法比我们想到的更多；坚持下去，积极应对，一切会更好！

我的大学

时间在消逝，青春正在走远。

在师大，我看见一批精英走向社会。现在，又即将迎来一批准备接受雕琢的莘莘学子。在师大，我从一个稚嫩的孩子转变成了一个出落大方、谈吐优雅的大学生；在师大，我将自己的尖锐的棱角磨平，渐渐地适应了不公平的社会；在师大，我用自己的青春把自己对未来的迷茫填满。

在时光的流淌中，我已经在这个承载我梦想的校园中度过了一年多的时间，五百五十多个日夜，这里洋溢着我的喜怒哀乐，充斥着我的成败得失。蓦然回首，我俨然地发现，师大已经成为我生命中的另一个家，另一个情感的归宿。从对这个陌生城市的排斥到热爱这座美丽的旅游之乡，我不仅一次的在想，如果没有你，我会来到这里吗？如果没有你，我会爱上这里吗？如果这样下去，毕业时我怎会舍得离开你？

师大，你是美丽而又独特的。靖江王府的雄伟让你突显气派，育才的古老让你学识渊博，雁山的青春与俏皮让你与众不同。你有着威严的文学地位，有着自己独特的魅力，有着迷人的桂花香。我很喜欢你，喜欢你的一颦一笑，喜欢你的一言一行，喜欢你的一花一草。

回眸八十年，卓然广西师范大学不凡。广西师范大学走过了脚踏实地、诲人不倦的八十年，走过了孜孜以求、锲而不舍的八十年；走过了挥洒汗水，辛勤耕耘的八十年。八十年来，广西师范大学每一位成员用自己的青春和汗水，创造了广西师范大学今日的辉煌；用知识和智慧，挺起了广西师范大学今日的脊梁；用博爱和文明，积淀了广西师范大学丰厚的底蕴；用豪情和壮志，书写了广西师范大学壮丽的篇章。真可谓：奋斗与成绩齐飞，耕耘共收获一色。

在师大校庆即将来临之际，我们每个人都在用心的进行着自己的任务。我们用自己的行动来证明师大是最棒的。我们用自己的文字抒发对师大的热爱。我们用自己的青春铭记师大在我们心中的美好。

师大，虽然不是成功的彼岸，却是渡我们到达彼岸的帆船；也或是一座灯塔，照亮指引我们前进的路；也或是一颗璀璨的星，让属于我们的天空更加美丽迷人。

师大，我不想用华丽的语言去修饰你，我只想说：是你，让我学到了更加丰富的知识；是你，让我更加懂得做人的道理；是你，让我认识了来自五湖四海的同学；是你，让我的人生更加精彩多姿。你让我感动，让我眷恋，让我痴迷。我会认真去谱写人生的曲来回报你。

画龙点睛

每一个心灵都有属于自己的梦想，每一个梦想都有属于自己的天空。大学是一片智慧的沃土，一座攀登的人梯，一盏不灭的烛灯，一个灿烂的星际。在这一片属于梦想的天空，用阳光和希望，为无数心灵托起飞翔的翅膀。一批批国家栋梁从这里开始了人生的远航。

脑海里我的青春岁月

满怀虔诚的向青春挥手送别时，我正行走在岁月下一站的风景而不知所措。能勾勒出我一脸羞怯与稚气的溪流随着青春的终结戛然而止，带走了盛夏知了的鸣叫和晚秋枫林点缀的凋零的年华。透过指尖触及到了冰冷的青春，心一下子被揪了起来。惊悚过后是无助的恐惧。

我试着去怀念有青春陪伴的日子，连月光都缜密如水一样清澈，我曾经是那么的纵情挥霍和毫不眷恋。可是现在没有你的岁月里我依旧不知疲倦的向生命的尽头跋涉。

校园里的梧桐簌簌地凋零着自己，很难想象的出它曾经不为人知的辉煌与灿烂。凌乱的枝桠在风中颤抖地向上伸长，像青春一样载满了妖艳又充斥着颓败。我们都在漫无目的却又固执的向前迈进。只不过它在努力延伸生命的长度，而我在倔强的拓展生命的宽度。可是来年梧桐依旧会变得青翠，而青春却从此被岁月尘封在无人触碰的角落，在帷幕落下的时刻黯然离场。

如果让我重新审视岁月流过青春时镌刻的铅华，我会否懂得青春的涵蕴和它固有的不妥协，还是仍乐此不疲的沉浸在挥霍青春、放纵岁月恣肆流淌的回忆里不能自拔。不要让我在岁月孤独华丽的仪式里踽踽独行，亲手将自己曾经引以自豪的青春埋葬，看着葳蕤的年华在低沉而无奈的吊唁声中落幕。可不可以等到来年春天的绿色装点大地的时候，你不再从不堪的记忆中再次苏醒？那些闪动着光芒的年华该如何摆脱被岁月覆盖的命运而转身在生命的拐角处等我去拾取？

在一个冗长的夏季，青春画下了棱角分明的句点，黑色圆屋顶上的十字架简单的沉默，缅怀这一生最值得珍惜却又稍纵即逝的年华。在一个慵懒倦怠的午后，用颤抖的，想念的人双手刻下了哀悼的墓志铭。

有没有试着去挽留，也许会赶上岁月的脚步，把它绊一个趔趄，趁机偷取一把眨眼间可以逝去却要用一生去追忆的年华。

我经常在熟睡中猛然惊醒，发现自己仍是真实的，而潜藏在回忆中的碎片却随着青春这一场飓风逝去。忘记了是谁陪我一起走过青春岁月还未来得及没收的时光；忘记了是谁在那段流金岁月里留下隽永而深刻的印迹，让我去膜拜去憧憬，然后静悄悄地拿走属于他自身的桀骜和不屈服；忘记了是谁陪我站在学校的楼阁上眺望天际卷舒的彩霞和彩霞单调的绯红下映衬的年华，还有年华里来不及成熟的脸……

这一切都在一场顺理成章又突兀而至的青春葬礼中泯灭，化为时间的灰烬。

画龙点睛

奥斯特洛夫斯基曾说过，"生活赋予我们一种巨大的和无限高贵的礼品，这就是青春：充满着力量，充满着期待、志愿，充满求知和斗争的志向，充满着希望、信心的青春。"但青春是有限的，智慧是无穷的，我们要趁短短的青春去学无穷的智慧。

岁月是最大的小偷

　　最近常常梦见你小时的模样，那是夏天傍晚的散学时分，还背着书包，一路小跑着过来，还对我笑嘻嘻。不知道为什么，梦里的我却不是小时候的样子，那样与你对视，仿佛对视过往，又近又远，既真切又模糊。

　　也许因为最近有一部叫《岁月神偷》的电影，我去影院看了两场。坐在旁边的同伴要频频递纸巾给我，两个小时的电影散场之后，眼睛酸涩的厉害，连我自己都觉得十分夸张。

　　至今我都不知道为什么电影的开头，穿白色小背心的小男孩一出场，我就想到你。其实你们一点也不像，你不曾那般调皮，你从小到大都认真学习，门门功课都拿优，不曾被老师罚站，不会在大人问英文课教什么时回答中文，问中文课教什么时回答英文，你也从不曾把玻璃鱼缸套在脑袋上。也许你也曾因为一些很小的事和大你一岁的哥哥大打出手，然后很快又和好；也许你也曾在大人喊吃晚饭时负责把桌子抬到屋外，然后堂而皇之的蹭别人家的饭菜；也许你也曾因为不能独自吃一个完整的月饼或是别的什么东西而嚎啕大哭。

　　这些相似的场景冲击记忆，让时光仿佛穿越，看戏的人总是容易对号入座，所以我在那一瞬间就觉得电影里男孩和八九岁时候的你，有相似的眉眼。

　　细算来是十年前，三角梅盛开的季节，威力大的能掀开屋顶的台风时常过境。

可是，你就在时光里长成如今的样子，额角长满青春痘，个子高过我，你念功课繁重的高中，偶尔写篇日志喘息抱怨。

果然，在变幻的生命里，岁月，原是最大的小偷。十年后的我，看过一场电影，突然怀念小时候模样的你，也许是怀念那时的我自己。

不知你有没有发现，人总是越年长就越容易忘事，好似要让自己像只有三秒钟记忆的鱼，能很快就忘掉喜怒哀乐，在日复一日的时光里，而显得从容不迫。

你也曾收集许多卡片，你记不记得那上面有没有写着永远有效？但很多年后我们都会知道，如果有，那真是个大谎言，没有什么事情能真的永远有效。

相信人生一步难，一步佳，我想叮嘱你，要多多记得美好的事。

画龙点睛

岁月无声，匆匆而过，岁月如一块橡皮，擦拭着我们过去的年少轻狂。时间过得且快且慢，慢慢地，发现当初的那些日子，那些人，那些事，都离得那么遥远。再回首，记忆已渐渐模糊。

19

青春离我们越来越远

　　浑浑噩噩的度过了整个冬季，春天终于在我的期盼中来临。青春也渐渐走向了死亡，没有任何的祭奠和哀悼，离开的没有一丝痕迹。我开始在这个阳光明媚的春天变得迷茫，以至于绝望。傍晚，夕阳把天空映的火红，倾斜的余光透过窗帘洒在脸上，双眼绯红，趴在桌子上莫名的哭了好久。

　　我们认识或者说陌生，这个春天的来临，就如整个世界的落日黄昏。流浪在一个陌生的城市，你不经意的出现在我的身后。岁月像风一样，往前吹的时候带来你的气息，多少年后回忆当年的我才知道，那年我十八。

　　他们说，我是一个念旧的孩子，时常看一张相片听一首歌。只有我自己知道，那些我说着不在乎的东西，究竟牵伴着我多少的心情，没有人能明白我的哭泣，亦如不懂我的微笑。

　　一直都习惯着去做个安静的孩子，一个人微笑、哭泣、睡觉、失落。时光总是漫长的，那些相视无言的日子，我用所有的沉默去弥补那一段时间的空白。然而，某一天、某个地点，突然听见一个声音说：你离死亡的期限只剩一天了。我开始变得惊慌无措，站在人来人往的大街上无力的张望，回头的瞬间似乎错过了某些东西，例如某个人、某张笑脸，看见的总是匆匆的脚步和模糊不清的背影。

　　时光如沙漏一般从指尖缓缓流逝，那些泛着腐烂气息的回忆，飘荡在这个春日的傍晚。我尝试着遗忘，或者说一直都在遗忘，把那些发生过的和未发生的事情都格式化在记忆之外的时间。记忆的青春，青涩的爱情，迷离的亲情和那残缺的友情。我努力收集那些温暖的画面，用幸福的的词语去贯通十八岁的季节。但一切仿佛都是徒劳，那些闪耀着冰冷光芒的画面，像冰冷的枷锁，缠绕着我整个青春的梦境。

风轻柔地扑来，听着舒心的音乐想起另一个城市的你。以此来把你铭记，在身边最安静的时刻。记住你的脸庞，把你画在我的旅途中，多了一份独特的情怀只因为有你在，我最喜欢的你。窗外一片迷茫的灰色，隔三差五的驶过几辆汽车，记忆再度被拾起，我的影子错愕在这里。而这一刻，是谁用无以复加的青春年华等待着你。

画龙点睛

青春像是一场盛大的祭祀，在寂静与期盼里开始，在荒凉绝望中结束。开始和结束都是以无声的方式进行，然而所经历和感受却是两种姿态。我们的青春，我们的十八岁，到底又是以什么样的方式开始，又是以什么样的方式结束？在哪里停留，哪里又是尽头。

告别我的大学生活

毕业前的这些日子，时间过的好像流沙，看起来漫长，却无时无刻不在逝去。想挽留，一伸手，有限的时光却在指间悄然溜走，毕业答辩，散伙筵席，举手话别，各奔东西……一切似乎都预想的到，一切又走的太过无奈。

每一天，我们都会有意无意地再逛逛校园，看一看它今天的样子，想一想四年前它如何迎来稚气未脱的我们。走了四年，似乎又走回到了起点。突然觉得，四年的同窗、身边的朋友，比想象中要和善、可爱得多！星光下的夜晚，每一个都温柔如风。

再看一看吧……

那赫然相对的男生楼，就在去年的这个时候，还曾经硝烟四起；窗外的晾衣绳，飘荡着不知哪个宿舍落下来的白衬衫；插着爱护花草牌子的草坪，记不清什么时候已经被抄近路打水的兄弟们踩出了一条小路；路旁的女生楼，对男生来说，几乎成为永远的禁区；综合楼自习室的门还开着么，考研时鏖战过几个月的那个屋子，如今应该没有什么人了吧。一直对那段埋头苦读的日子心存感激，不论结果如何，但它让我收获了很多……

一幕幕的场景就像一张张绚烂的剪贴画，串连成一部即将谢幕的电影，播放着我们的快乐和忧伤，记录着我们的青春和过往，也见证着我们的友谊和爱情！

来到这片校园之前，想象着大学生活是白色的。因为象牙塔是白色的，整个生活就好像它折射的光：纯净而自由。

大一的时候，觉得生活是橙色的。太多新生活扑面而来，新鲜而灿烂，热情而紧张。橙色的记忆里，有第一次见到知名教授的激动，第一次加入社团的好奇，第一次考试的紧张……

大二的时候，生活是绿色的，青春拔节生长，旺盛得像正在生长的树，梦想也一点点接近现实。跟老师讨论问题时，看见他脸上满意的微笑；跟老外对话时，给自己打了个满意的分数。开始熟悉校园里任何一处美食，也常常在 BBS 上呆到很晚……

大三的时候，生活变成蓝色。我们冷静了下来，明白自己离未来究竟有多远，并要为此做出选择：出国，考研，还是工作。所有与这个决定相关联的一切都可能会变化，包括我们的爱情，那还年轻没经历过风雨的爱情。

大四的生活，像是一层薄薄的灰色。在各种选择里彷徨，每一个人都忙忙碌碌，一切仿佛是一首没写完的诗，匆匆开始就要匆匆告别。但那灰色里，却有记忆闪闪发亮。那些彩色的岁月，凝成水晶，在忙碌的日子里，它们是我们的资本，也是我们的慰藉。

七月，我们和去年学长毕业时一样，把行李装好了箱，一点点往外运，整个宿舍楼就这样在几天之内变成了空楼，变成一个无限伤感的符号。记忆也同时从校园离开，收藏进内心的匣子，那是我们的流金岁月，也是我们的宝藏。

画龙点睛

未来就像天空中一朵飘忽不定的云彩，而我们，从毕业这一天起，便开始了漫长的追逐云彩的旅程。明天是美好的，路途却可能是崎岖的，但无论如何，我们都有一份弥足珍贵的回忆，一种割舍不掉的友情，一段终身难忘的经历。

为了理想而奋斗

　　大胖拿到去美国签证的那一天，是他两个月以来最开心的一天。

　　他是我最好的朋友之一。我们四个兄弟，也是同一间屋子的室友。老大学计算机，网名大胖；老二是帅哥瘦猴，每次聚会总是吸引不少女生的目光；小高在我们四个中排行老三，但是最高，学中文，爱写散文，话不多，但有哲理的话总是从他那里冒出来；我像是个毫无特色的人，除了喜欢做实验。

　　大一时我还什么都不懂，老大已经开始忙着买红宝书。他书架上有厚厚的英文字典，贴着一行字：四年后，美国，我会在那里。他是我们中最明白自己目标的人。其他的人，多半和我一样，懵懵懂懂地开始上课，做实验，写论文。仿佛还像高中生一样，习惯每天时间被安排得满满当当，一旦没有人管，就好像少了些什么。

　　我们很认真地聊过理想这回事。大胖说："他想当科学家。"我们就笑，说"十年以前每个人在作文里，大概都写：我的理想是长大了当一个科学家。""要不然就是老师。"瘦猴抢着说，"那时候，觉得老师是最大的，将来如果能当老师，一定很威风神气，没有小朋友敢欺负。"

　　我童年时也梦想过当科学家和老师，高中的时候选了理科，因为喜欢做实验的感觉。那种感觉，好像事情的每一步，你都看得见，都能掌控，而且，错了还可以重来。生活若是能像试管那样透明就好了，可惜不是，许多时候，我们无法控制生活，所以愈加喜欢在实验室的生活，单纯沉静。

开始找工作的时候，瘦猴望着自己的个人简历叹气。跟别人相比，他的实践经历很少，或许因为太多时间给了爱情。不过，他依然是个优秀的男孩，所以在层层面试之后去了一家不错的网络公司，或许是我们一起泡 BBS 的时光帮了他不少忙。

小高最后选择了我们童年梦想过的职业。他要去当老师，而且，不是在繁华的都市，也没有可观的工资。他申请去了青海，那里有个全国志愿者的支教项目。他说自己是从农村来的，知道山里的孩子会有多渴望知道外面的世界。

我早早地保送了本校的研究生，少了申请出国的辛苦，少了找工作的忙碌，少了选择的彷徨，也少了很多刻骨铭心的回忆。

大胖是我们四个兄弟中最后一个有着落的。庆祝他签证成功的晚宴上，我们终于可以痛快地怀念四年的生活，怀念每一次喝醉，甚至每一次争吵。自进入七月以来，我第一次感到鼻子酸酸的……

画龙点睛

世界上最快乐的事，莫过于为理想而奋斗。每个人都有一定的理想，这种理想决定着他努力和判断的方向。理想，可以照亮我们的道路，并且不断地给我们新的勇气去愉快地正视生活的理想。

毕业了……

最后一堂课，是和老师告别；考完最后一场试，是和学业告别；通过毕业论文答辩，是和学生生涯告别。然后，知道一个一个的朋友离去的日期，开始一场场告别，告别朋友，告别同窗，告别四年已经习惯的许多生活。

已经习惯了宿舍的生活，习惯了晚上的卧谈会，习惯了下雨时有人把衣服一起收进来，习惯了偶尔逃课的时候会有人代答到，习惯了吃饭时尝两口别人的菜，习惯了几个人用同样的钥匙，打开同一扇门。

离别的日子将近，学校周围的饭馆总是挤得满满的。所有的朋友在那里举杯，为过去的日子和情感，为将来的分别和感伤。

还记得入学第一天我们的自我介绍么？

还记得我们的新生杯篮球赛么？

还记得我们一起买了电脑，没日没夜地反恐、星际么？

还记得"小花"的梦话，"疯子"的鼾声么？

还记得我们一起逛街，一起喝酒，一起聊天，一起唱歌么？

再见了，宿舍里的野人们，我们呆过的这个屋子，即将成为我们的历史。而一切的回忆也会随着岁月的流逝变成脑海里泛黄的书签。下一站，不知道还会有什么样的风景。突然想到一首诗的开头："在向你挥舞的各色花帕中是谁的手突然收回紧紧捂住自己的眼睛……"

对着空无一人的宿舍说了一声："拜拜，我走了。"我轻轻掩上门，在夜色降临以前，告别了我四年的大学生活，离开了这一片留下我青春与热血的土地。

画龙点睛

　　毕业了，那些荒唐的、搞笑的、忧郁的、飞扬的、愤怒的、喜悦的、无比快乐的时光一去不返，那种放肆的幸福不知道以后还会不会再有。但是我们都要用心记得那青春的容颜，因为那里有我们生命中最美好的回忆和永恒的怀念。

人总要长大

　　听了你的郁闷，我心里也禁不住难过。那么开朗大方的你，怎么会在大学校园里独自徘徊难过。想起我们在一起的那些日子，那些留在回家马路上飞驰过的自行车的痕迹，那些留在小吃店门前的贪嘴打斗的身影，那些留在雪地里的追赶跑跳的脚印，那些留在风中的散发着青春快乐的气息，一切一切，都那样清晰。那样的你，怎么会在梦想的校园里垂头丧气？

　　你说周围的人都变了，该走的人都走了。

　　那么哀伤的语调，那么孤单的眼神。难道你忘了？该走的人是走了，但是，该留下的也留下了啊。日子一天一天过，人也一天一天长大。你不能永远像个固执的孩子，拒绝自己长大，也不许别人长大。还记得那个永远长不大的彼得·潘吗？那些和他在一起那么快乐的孩子，最后不也都一个一个离开了吗？在我们的生命旅途中，我们会遇到各种各样的人，但是每个人，都有自己的路要走。路途中偶尔的交错，使我们共同走过一些美好的日子。但在交叉口的徘徊，并不能改变什么，我们要走的，还是自己的路。就像徐志摩《偶然》里的那句：你我相逢在初夜的海上，你有你的，我有我的，方向，你记得也好，最好你忘掉，在交汇时互放的光亮。所以，离开是那么自然的一件事。不需要忘记，你可以把那段美好的回忆放在心中，那些美丽的回忆将是你前进的力量。别再为他们的离开而伤感了，离开并不代表终结。你的生命里，还会不断地注入新的力量，不断地有新的际遇。生活，不也正是在这样的不断变化中而愈加丰富多彩吗？那些留下的朋友，才是你最宝贵的财富，拥有共同的道路，共同的目标，你们可以携手共赴一生。

如果有一天，你觉得他们变了，不要难过，好吗？就像春去秋来，花落花开，人，总是会变的。从初生到世界的单纯无邪，到少年的懵懂无知，到青年的初出茅庐，再到中年的成熟世故，再到老年的明理睿智，我们一生中，都要变化很多次。在不同的时间，我们想要的也是不一样的。迈入大学，我们每个人都想要以全新的面貌去面对全新的生活。所以，周围的人也许都变了。不要为此郁闷或者不满，因为，其实你，也在不断地改变，不断地选择自己想要的生活。而且，变化也不都是不好的呀。试着接受改变了的他们吧，也许你会发现，全新的他们，更加容易相处了。所以，在郁闷之前，先去接受好吗？不要在没尝试之前，先被自己吓倒。

仔细想想，从前，真的像你现在想的那么无忧无虑，那么幸福吗？无论在什么时候，我们都有自己的烦恼。以前的那些烦恼，对现在的我们来说，也许微不足道。但对那时的我们，却是那么痛苦烦扰。像从前一样，现在的你，也许遇到的很多心烦的事，很多困难的事，感觉好像是世界末日。当你沉浸在苦恼中的时候，有没有想过，这些对于将来的我们来说，其实也是那么微不足道。我们都在一步一步的走出我们的人生，也早一笔一笔的写出我们的回忆。永远不要感觉今天很糟，其实它和你以前走过的每一天一样美好。如果遇到了困难，就勇敢的面对吧。用自己的勇气，去为明天书写美好的回忆。如果把今天都用来回忆，那么，明天呢？没有今天的记忆，明天的我们，如何回忆？也许面对没那么容易，但是，别害怕。还记得苏轼的那句话吗？"回首向来萧瑟处，归去，也无风雨也无晴。"现在的风风雨雨，也许会把你吓倒，但不要畏惧，因为等结束后再看它，就会发现，真的没什么可怕的。所以，在逃避之前，学会面对好吗？为了明天的回忆，相信你自己，你是可以的。

有件事，你没说，但我猜到了。爱情，的确是大学生活不可或缺的调味剂，那么浪漫的你，一定也没有错过。但也许你已经发现了，它并不是那么美好。

我们认为的爱情，应该是神圣的，纯洁的，令人幸福和快乐的。但也许它让你失望了，让你沮丧了，很难过，是吗？应该是的。但你有没有想过，为什么会这样？只是因为你找到的不是真正的爱情吗？不，你错了。

你不知道，单纯的爱情是幼稚的，真正的爱情，是建立在亲情、友情之上的。学会爱你的家人和朋友，你才可能有真正的爱情。

大学里的爱情总是浪漫，但是很浪费。花着伸手就能要来的钱，挥霍着正在拥有的青春，以为这样就能换到一份真正的爱情，可能吗？

不！绝不可能！想要爱情吗？那么爱你的家人吧。世界上再没有比你的家人更爱你的人了。冰心说过："在这世界上，有这么一个人，她比爱她自己还要爱你，那就是你的母亲啊！"不只母亲，父亲也是如此啊。两个这么爱你的人，如果你都不去珍惜，不去爱的话，你凭什么拥有爱情，你凭什么证明你会爱别人。爱你的家人吧，为家庭尽一份应有的责任。这样，你才能在亲情中懂得爱。

想要爱情？那么去爱你的朋友吧。朋友，是我们最亲密的人。在朋友那里，我们学着长大，学着关心别人，学着照顾别人，学着忍让，学着珍惜。没有朋友的人就像失去了翅膀的鸟儿，永远无法在空中展翅翱翔。爱你的朋友吧，只有学会了爱你的朋友，才能在爱情到来的时候，不让它溜走。用学会的关心、照顾、忍让、珍惜去守护你的爱情，它才不会在来不及准备的仓促中离开。

所以，在寻找爱情之前，先去学会爱家人和朋友好吗？不要在盲目的寻找中，徒受伤害。

还郁闷吗？希望已经不是了。

画龙点睛

大学的生活，不是用来郁闷的。就像人生看起来很长，其实很短一样。大学生活里，我们并没有看似那么多的时间。在一天天无聊的消耗中，时间早就流逝过去，不等我们了。振作起来吧，毕竟，我们不再是小孩子，对于未来，对于人生，我们应该有自己的打算。

单程的青春

青春从来没有回头客，这条路上充满了漫长和艰辛。或许孤独，或许无奈，谁也无法说透，那份岁月的沧桑，那种人间的悲凉。

当你我踏上了前方的征程，当你我选择相反的方向，我们的人生，出现不一样的色彩；我们的路，以不同的弯曲延伸，直到尽头。

最是铭记童年的那份天真，纯纯的，傻傻的，但与此同时，那也是我们一生中最值得珍藏的回忆。因为不懂得，所以眼带好奇；因为对现实的未知，所以一直尝试。

也许现在回想起来还会免不了一笑，为了曾经的那些看似幼稚的举动。很多时候，总会为以前的事而遗憾，不曾说出的那句话，不曾完成的梦想。懊悔没有及时懂得，懊悔没有快些明了，懊悔我们思想的单纯。如果重新来过的话，也许我们会选择不一样的方式，不一样的活法走过那段青葱岁月，心里曾有过多少次这样的想法。也许，那些重生、穿越小说描绘的也是这般吧！

再次回首，已是几度春秋；转眼之间，繁华烟消云散。现在再想起来，才发现，原来那段时光才是最值得我们铭记的回忆，那种纯真才是青春的体现。没有明争暗斗，没有勾心斗角，没有势利，有的只是那一颗颗真诚的心，纯得如一张白纸、一泉清溪，那么的美好。就是因为我们的懵懂，就是因为我们的幼稚，那些无心的举动，才会留下那么多值得回忆的片段，那么多可以开怀的故事。我们的无知，我们的自然，为我们的青春留下一道不可磨灭的痕迹，情真意切。

如今青春不再，似水的年华飞逝，匆匆之间，不等人来，不挽过客，只是在那成长的路旁，那道绿荫之下，留下几个脚印，几片发霉的茶叶，记下我们曾经来过。

易逝的青春，我们的追求，曾一起有过的梦想，都一一被人忘却，只有在闲来无聊之时，偶然的想起，不经意间的触动，才会发现，曾经我们一起有过的美好时光。原来那不是忘记，只是被我们埋藏得很深很深，深到我们没有那么容易察觉得到。

回忆那段易逝的青春，很多的感慨。我的心，活了过来；我的梦，重新启航！加油吧！接下来的人生路！

画龙点睛

青春是人生中最美好的时光。在青春岁月里，每个人都会有很多不羁的想法，有很多天马行空的梦想，很多志向远大的抱负，然而正如一首歌词所唱的那样"青春如同奔流的江河，一去不回来不及告别"，当青春远去的时候，我们由那个轻狂的少年成长为历经沧桑的成人，还会为曾经的那份梦想哭泣或微笑。青春转瞬即逝，当我们回忆起那段时光的时候，总该为自己留下点什么。所以，珍惜青春的时光，沐浴在青春的阳光里，为自己的未来拼搏一把。年轻没有失败，青春是一段充满挑战的时光，为我们在回忆的时候留下些美好的微笑吧！

第二辑
梦想是一场冒险

心里的时间花

　　每个人的心中都盛开着一朵富丽的时间花，一朵有着闪耀色彩的时间花。

　　如果你守候着它，就会完全被那朵花的美丽陶醉。因为它有一股香气，那是你一直渴望得到的，至于那是怎样的香气，也许我们永远说不清楚。

　　如果你失去了花儿，也就失去了对时间的感觉。所有的时间将不再有任何意义，因为心里感觉不到的时间很快就消失了，就如同彩虹对于盲人，鸟儿的歌声对于聋子，你也会跟那些灰先生一样，心变得又聋又哑，尽管还在跳动，却什么也感觉不到。

　　如果你到现在为止还不认识毛毛，你一定还不清楚，时间花对于一个人的重要性，也不清楚那些不停的攫取别人的时间花，然后悄悄的冷冻在一个不可知的黑暗仓库里的灰先生是多么可怕的人物。

　　在大家无忧无虑的玩耍的时候，灰先生们却制定了详细而周密的计划，算计着人们的时间。

　　城里的理发师弗西先生就中了灰先生的圈套，不仅省去了每天一小时陪母亲的时间，省去了每月看一次电影、去一次歌唱会的时间，省去了每天半小时去探望残腿的达丽娅小姐的时间，甚至弗西先生还心甘情愿的省去了给顾客理发时一切多余的程序，包括问候、唠叨，他一声不吭，只用了二十多分钟就理完了头发，

　　弗西先生跟大多数人一样似乎变得更体面了，钱也挣了很多，但他

的面孔却是阴郁的、疲倦的、痛苦的，连眼神也是冷漠的。

因为停留在他心中的时间花已经被灰先生夺走了。

当然还有导游吉吉，他先前表面上是一个可怜虫，然而他却是一个伟大的幻想家，因为他有伟大的故事，可当他开始跟灰先生做交易后，他就没有了自己的时间花，他变成了一个贩卖故事的高手，却没有伟大的故事。因为他只是不停的表演，不管愿不愿意。

然而，还是有一个人守住了时间花——那就是小女孩毛毛。

毛毛外表看起来很奇怪，十分瘦弱，头发乱蓬蓬，是沥青般黑色的卷发。她的裙子是用五颜六色的布块缝起来的，很长，一直拖到脚后跟。外面套了一件肥大的男夹克，袖口向上挽了好几圈。

但毛毛却是了不起的孩子。

她敢于跟灰先生对抗，敢于在成千上万的灰先生的包围中跟着乌龟卡西欧佩亚逃亡。最了不起的是，她到过时间的管理者侯拉师傅住的地方，也就说毛毛经过从没巷，经过无处楼，到达了时间的中心。

她亲眼看到了心中的时间花。

那硕大的花蕾从黑色的水中开出来，闪耀着美丽的颜色，然后花瓣一片接一片的脱落并沉入水底，那朵花完全消失了，可就在这同一瞬间，另一朵花蕾开始从对面池边的黑水中升了起来，它不停的盛开、凋零、再盛开。

在这里毛毛听到了从未听过的声音，那是太阳、月亮和各种星星说出自己的真实姓名并解释每一朵时间花怎样开放、怎样凋谢的声音。

在这声音里，毛毛理解了孤独、恐惧、担忧、思念以及爱。

灰先生们当然不会放过这样一个小女该，他们嘴里面叼着细长的雪茄，悄悄的尾随并想要追捕毛毛。

侯拉师傅告诉毛毛，灰先生嘴里的雪茄是用冷冻的时间花瓣晾干后做成的，雪茄一旦点燃，时间就变成了烟雾，然后死去。人一旦吸入从灰先生嘴里吐出的死亡了的时间，就会变懒，什么事情也不想干，对一切都失去了兴趣，而后连这样的感觉也会消失，变得更加麻木不仁，冷冰冰，面无表情，不知不觉也就变成了"灰先生"中的一员。

是的，有一个巨大但十分平常的秘密，人人都分享它、认识它，可是自古以来，却很少有人想到它，大多数人都随随便便的接受了它，丝毫也不感到惊奇。那是关于时间的秘密。

为了让人们正视这个秘密，为了守卫住每个人心中的时间花，毛毛终于不再退让了。她答应了侯拉师傅的请求，在侯拉师傅让世界暂时停止一个小时的时间里，带着最大的一朵时间花去破坏灰先生们的阴谋。

毛毛出发了。她绕过了灰先生们的追捕，来到了阴暗的地下仓库。当毛毛打开了装满时间花的仓库时，灰先生们消失了，那些五颜六色的花朵则像漫天的云朵，光彩耀眼。

每一朵时间花都重新找到了世间的主人。

你听，是不是有一朵时间花正在你的心底摇曳着？

画龙点睛

时间，如同美丽的花朵，在不知不觉中，时间便会像花朵一样消失不见，当我们想起它的芬芳的时候，却只能在心底寻找它的影子了。

我们总有这样的感觉，时间总是不知道被丢在了哪个角落，在我们抱怨自己时间不够用的时候，却依然不懂得珍惜。从现在开始，找回属于你的时间最好的办法，就是不要再浪费时间了。

梦想是一场长途旅行

人行万里旅程，只为了追求心中的梦想，坚守的意志，这足以让其忘却漂泊流浪的无奈与痛楚！

每当有人问我："一光年的距离有多远？"我总是苦笑不已。我深深地知道那是一种梦想的距离，当机会来时，就在你的身边，你却没有发现它，甚至它还很顽皮的在你的视线徘徊，从你的指缝悄然滑过，如白驹过隙那般错过，这是一种让人含泪苦笑的距离！

许多人为了追求心中的梦想，背井离乡，漂泊流浪，忍受风霜的飘洒，雨雪的吹冻。每当夜幕降临，月色朦胧，竹影婆娑，嫩叶载着旖旎的星光，唤着归根的影魂，露珠闪着晶莹的光束，飘着优美的音符……

追求梦想的人们，或点燃一根烟，凝望着窗外的夜色，思念家乡路口的那棵古树，那乐趣无边、嬉戏纯真的童年岁月；或躺在床上，任凭晚风挤过帘缝、月光舞着完美的旋律，甜甜的入睡。梦里，与心爱的人携手漫步于山谷小径，萤火虫轻翔着，载着暖光而来，花儿的香味，弥漫着空气，舒适着美丽的心情……

忙碌地生活，往往会使我们迷失方向，失去应有的理智，甚至忘却思考，更变得肤浅起来。让我们活得休闲些吧，回归人性的本真，让生活的信念更加有品位，让生活充满诗意，像蝴蝶一样在阳光下翩然起舞，轻盈洒脱，自由闲适，平实自然！

追逐梦想的路上，偶尔停一下脚步，放松紧绷着的心情，多给自己点空间去休闲。晨起看曙光饮露水、黄昏赏夕阳恋晚霞、夜里望月听弦思故乡。或依窗静听风雨，与心爱的人漫步原野，闻着花香听着鸟语；或登山望尽万紫千红，踏青田园小径绘色彩，心系海边沙滩细数海鸥……

让我们的梦想旅程更加精彩。像花香一样，飘然四溢，四季各具风采，永驻岁月；像星月一样，迷恋着晶莹的露珠，谱写着美丽的童话，浪漫心间；像蝴蝶一样，漫步于风中，轻舞于花间，乐此不疲！这样，我们的人生才会五彩斑斓、缤纷多姿！

画龙点睛

梦想之旅，是一种辛酸的过程，在追逐的路途上，布满太多的坎坷与挫折，充满了许许多多无奈的选择、寂寞与苦闷、忧愁与烦恼。奔跑的路上，也要学会乐在其中，过程总是充满乐趣的，有梦想的人是幸福的，勇于追求梦想的人是快乐的，因为他们懂得生活，更懂得珍惜生活！

一直向上

人，在人群里行走寻找他的道路，在人群里说话寻找他的回声，在人群里投资寻找他的利润，在人群里微笑寻找回应他的表情。生而为人，我们不可能拒绝人群，虽然，喧嚣膨胀的人群有时是那么令人窒息，让人沉闷，但我们不能一转身彻底离开人群。

人群是欲望的集结，是欲望的洪流。一个人置身于人群里，他内心里涌动的不可能不是欲望，他不可能不思考他在人群里的角色、位置、分量和份额。如果我们老老实实化验自己的灵魂，会发现置身人群的时候，灵魂的透明度较低，精神含量较低，而欲望的成分较高，征服的冲动较高。一颗神性的灵魂，超越的灵魂，丰富而高远的灵魂，不大容易在人群里挤压、发酵出来。在人群里能挤兑出聪明和狡猾，很难提炼出真正的智慧。我们会发现，在人口密度高的地方，多的是小聪明，少的是大智慧。在人群之外，我们还需要一种高度，一种空旷，一种虚静，去与天地对话，与万物对话，与永恒对话。

伟大的灵魂、伟大的精神创造就是这样产生的。孔子曾面对大河感叹时间的不可挽留，"逝者如斯夫，不舍昼夜"；庄子神游天外寻找精神的自由飞翔方式，佛静坐菩提树下静悟宇宙人生之智慧；法国大哲人帕斯卡尔于寂静旷野发出的"无限空间的永恒沉默使我恐惧"；还有李白的"登高望远天地问，大江茫茫去不还"的诗魂灌溉了多少代人的浪漫情怀……正是这些似乎远离人群的人，为人群带来了丰盛的精神礼物。在人群之上利益之外追寻被人群遗忘了的终极命题，带着人群的全部困惑和痛苦而走出人群，去与天空商量，与更高的存在商量，与横卧在远方也横卧在我们内心深处的"绝对"商量，然后将思想的星光带给人群，带进生存的夜晚。

为此我建议哲学家或诗人不该有什么"单位"，在"单位"里、在沙发上制作的思想，多半只有单位那么大的体积和分量，没有普世价值。把存在、时间、宇宙作为我们的单位吧，去热爱、去痛苦、去思想吧。

作为芸芸众生中的一员，我也不愿总是泡在低处的池塘里，数着几张钱，消费上帝给我的有限时光。我需要登高，需要望远，我需要面对整个天空做一次灵魂的深呼吸，我需要从精神的高处带回一些白云，擦拭我琐碎而陈旧的生活，擦拭缺少光泽的内心。

我正在心中攀登我的南山。目光和灵魂正渐渐变得清澈、宽广，绿色越来越多，白云越来越多，我正在靠近伟大的天空……

画龙点睛

在物欲横流的社会，能远离世俗，是洒脱，是灵魂的升华；在浮躁喧嚣的人群，能脱离泥浊，是高贵，是灵魂的超脱。与天地对话，与万物交流，你会发现人生的哲理远不止你知道的这些，人生的内涵也会开辟更为广阔的精神空间。

放开我才是爱我最好的方式

我在黑暗里旋转在花香中呓语，只等那个美丽的梦绽放在阳光里。

祖辈们留下千年的企盼：传承美的精魂。在美与这世界相融之前，我们在黑暗中呼吸激越与执著。黑暗的载体是造物主用失败、痛苦、迷惘编织成的茧。

谁不愿挣脱这苍白的桎梏飞向碧蓝高远的蓝天？谁不愿沿一路溪流翩翩起舞，撩起对浣女的情思？谁不愿越着坎坎伐檀声，流连于江南烟雨里？谁不愿……

而我们明白，脆弱的翅膀经受不住风雨，只有在孤独、寒冷、黑暗中造就的凝着刚毅与执著的体格，才能让我们尽情挥洒自由与美丽。

不要善意地用您的剪刀剪开我的茧，帮我挥去那些生命中的苦难，请不要过早地让我闻到花香，那不是对我真正的关爱，而是一种善意的摧残——我会在阳光下萎缩，化作一片枯叶，融入泥土……

爱我，就让我自己面对苦难。

🖌 画龙点睛

人生不可能总是阳光普照，它也有阴暗的时候；道路不可能总是平平坦坦，它也有沟沟坎坎的几段；生命不可能总是绽放光彩，它也会遇到阴天的日子。面对着风雨人生，随时做好我们的准备。

翅膀断了，心也要飞翔

在一次事故中，作为家中顶梁柱的父亲永远地离去了，他也因此失去了双手。从此弟弟的手便成了他的手。为了照顾他，弟弟从小到大总是形影不离地跟在他的身边，他除了学会了用脚趾头写字做作业外，生活上完全不能自理。

有一次，他因肠胃不好，半夜起来要上厕所，于是他叫醒了弟弟。弟弟帮着他进了厕所后，就回宿舍躺下了。由于太劳累，弟弟闭上眼就睡着了。结果他在厕所里等了整整两个小时，才被查夜的老师发现。慢慢长大了的两兄弟也有了烦恼和争执，有一天弟弟终于提出要离开他，因为弟弟要和很多正常人一样需要过自己的生活。为此，他很伤心，不知如何是好。

无独有偶，另一个女孩也有着同样的遭遇。因为妈妈长期患有精神病，在一天晚上无故出走，爸爸去找妈妈了，家中便只留下她一人。她决定做好饭菜等爸爸妈妈回来吃，却不小心将灶台上的煤油灯打翻，结果双手便被大火夺走了。

虽然在外地读书的姐姐愿意照顾她，可倔强的她一定要自己照顾自己。在学校，她不但读书认真，更重要的是她学会了生活自理。她曾在一篇作文里写道："我幸福，虽然断了双手，但我还拥有一双脚；我幸福，虽然翅膀断了，但心也要飞翔……"

有一天，他们被一家电视台邀请到了演播室。面对主持人，男孩表现出了对前途的迷茫，而女孩则对生活充满了热情。主持人要求他们分别在一张白纸上写一句话。他们分别用脚趾头夹起了笔，男孩写的是：弟弟的手便是我的手。女孩却写下了：翅膀断了，心也要飞翔。

他们俩都经受了同样的苦难，但不同的人生态度却决定了其生活的本质。是的，人生多变幻，苦难总是在不知不觉中骤然降临。如何应对苦难，是对你性格的真正考验。面对苦难，如果选择抱怨与逃避，苦难就永远如影随形；但如果选择坚强，苦难便会化作甘泉，滋润美好的希望。

画龙点睛

相同的命运，却是不同的心态。生活中我们将会遇到很多的挫折，但是如何面对它，首先取决于你的心态。不要抱怨自己的不幸，因为当不幸来临我们已经了没有回旋的余地，而惟有勇敢的面对才能让我们不幸的人生重新再现光彩。虽然不幸，但是我们仍要有梦，有梦想，就会有希望。

勇敢的迈出自己的脚步

1889 年一个男童在英国伦敦的一个平民家庭里出生了。由于父亲早亡，母亲精神失常，被人收养的他，常常遭受养母的虐待。苦难的经历让他的心理变得极为脆弱，他患有严重的自闭症。他长得又瘦又小，在学校里几乎没人跟他说话，连老师都不喜欢他。后来在养母的威逼下，他辍学了。失学的他一有时间仍会去学校的附近逛逛，有一次在学校举办一个歌舞会，他们班的同学很多都报了名准备参加演出，因为要彩排一天，报了名的同学都要参加彩排。

由于他害怕呆在家里遭受养母的虐待，只得独自外出闲逛，逛着逛着，他便来到了学校的大礼堂门口。出于好奇，他往礼堂里探了探脑袋，果然发现同学们都在里面排练。他这一探头刚好被老师发现了，老师便将他叫了进去。那位老师不知道他已辍学，还以为他是他们学校的学生呢，便说因为有一个同学请了病假不能参加演出，问他能不能代替那位同学。他犹豫着不知该如何是好，因为他从来没有想过自己也能上舞台演出。9 岁的他被老师牵着手走上了彩排的舞台。由于太紧张在上舞台的时候，他还差点儿摔了一跤。

第二天，他们的合唱表演开始了。面对台下师生们的欢呼声，他吓得浑身发抖，嗓子眼里像塞了团棉花，只听到别人的声音在响，惟独听不到他自己的声音，好在他的个子小，又站在最后一排，台下的人根本就看不到他。

演出结束后好久，他还沉浸在演出时的激动中，长这么大他还是第一次拥有这种激动的感觉。由于他的私自出走，养母终于将他扫地出门了，他成了一个流浪的孤儿，白天乞讨，晚上躲在一个草棚里回忆那天演出的情景，并且自创了节目。

机会终于来了，一个马戏团来他们那里演出，他找到团长毛遂自荐。当着团长的面，他竟然将一个流浪儿的辛酸以喜剧的形式表演得活灵活现，但是又使人笑后感到了泪水的苦味。团长当即拍板留用了他。从此他随流动剧团，跑遍了英国的每个角落。后来他去了美国，并在影片《威尼斯赛车记》中创造了一个悲剧小人物"夏尔洛"的角色，从此这个有着特别装束的流浪汉形象风行世界 70 年，经久不衰。他就是著名的喜剧演员卓别林。

"勇敢地迈出自己的脚步。"这是卓别林写在自己的日记上的一句话，他一直以这句话激励着自己。是的，如果当初卓别林不能勇敢地迈出那一步，那么他终其一生也只是个令人不屑的流浪汉。

画龙点睛

不管你信或是不信，冥冥之中有很多事情注定了是要发生在我们身上的，躲都躲不掉，甩也甩不脱。所以别再犹豫了，向着你的目标勇敢地迈出自己的脚步，只需这一步，你就会看到在下一秒钟，世界将会呈现出一个可爱的样子！

前行的路上要坚强

在这个寒冷与陌生的城市里，真想身边有一个知心的朋友，一个与爱情无关的朋友。寂寞时有她可以做伴，快乐时有她可以分享，忧愁时有她可以倾诉。挥手离别，只要互道一声，珍重，就是我最好的行李、最美的记忆。

心情如此的沉重，寻找一个又一个心灵的驿站，心海，历经了一次又一次的沧桑。

最后还是选择自己默默地承受，耳边已没有了给我鼓励的声音，再难感受到他那温暖的话语，在我无助的时候，我是多么希望他能在我身边，哪怕只是默默无语。

当我们步入社会经历着人情冷暖，品尝着酸甜苦辣，世事沧桑后，懂得了隐藏内心的情感，开始慢慢地学着适应。奔赴在各大交际场所，说着言不由衷的话，带着虚伪的面具，皮笑肉不笑，在公司里开始了勾心斗角，同事之间已没有了纯真的友谊。

我们开始变得忧心、忧虑，时时担心会没了工作，丢了饭碗。因为我们清楚的知道，我们在用人单位压根就不是金子，顶多只是金属，老板看我们的眼神就跟包工头看民工的眼神是一样的。

匆匆岁月磨平了我们的棱角，甘于平淡的生活，却不甘心命运的摆弄。于是我们更加努力地工作着，为那一张张鲜红的毛爷爷而奋斗着，加班到深夜扳着手指头算，啥时候才能有一个休息日？曾经的梦想又被我丢到了何方？曾经的朋友，是否如今也和我一样，面对社会的竞争与残酷,深感无力?

漂泊的人,问一声,你是否觉得累了?

漂泊的人,问一声,你是否也想家了?

漂泊的人,问一声,你是否偷偷泪流了?

远方的朋友,不要在寂静的夜里,独自哭泣。

远方的朋友,不要在寂寞的时候,点燃香烟。

远方的朋友,不要躲在无人的角落,舔舐伤口。

寂寞地穿梭在无人的街道,看人来人往,灯红酒醉从来都不属于我们。看着路边那一对对情侣,牵手,拥抱,露出甜蜜的微笑。我的眼神中再无波澜,只是静静地看着,看着他人的幸福,却与我无关。

漂泊的路上,早已忘记了一路的风景是否曾惹我驻足,离往事越来越远,便没了追逐的踪影,年少的梦也随风飘散,也忘记了看桃花是否依旧笑春风,枯叶是否依旧话凄凉。

一个人漂泊在异地他乡,孤独与无奈像是一对孪生的姐妹,形影相随。听着一首《故乡的云》,虽然歌词里充满了苍凉之感,与我却有着温暖,让我想起了家乡泥土的芬芳,想念家的温暖。

画龙点睛

远离家的摇篮,来到这个陌生的城市,摸索着属于自己的人生道路。走在喧哗的大街上,站在人群中,总不知何去何从,无力感一直紧紧相随。心灵的家园,灵魂的归宿,消失在这个寒冷的城市里。一个人在这纷纷扰扰的世界,成功的掌声自己欣赏,失落的泪痕自己擦拭。漂泊的路上,孤单地走过了一座又一座陌生的城市,尝尽人生百味,在一次次的挫折中慢慢成长,于是学会了坚强。

经得起风浪的是大鱼

一群年轻人常常结伴在一泓深潭边钓鱼。令他们奇怪的是，有一个渔夫总是在潭边不远的河段里捕鱼，那是一个水流湍急的河段，雪白的浪花哗哗地翻卷着，一道道的波浪此起彼伏。这是一段鱼根本不能游稳的河段啊，怎么会有鱼。

有一天，有个好事的年轻人放下钓竿去问渔夫："鱼能在这么湍急的地方留住吗？"渔夫说："当然不能了。"年轻人又问："那你怎么能捕到鱼呢？"渔夫笑笑，什么也不说，只是提起他的鱼篓在岸边一倒，顿时倒出一团银光。那一条条鱼不仅肥，而且大，一条条在地上翻跳着。年轻人一看就傻了，这么肥这么大的鱼是他们在深潭里从来没有钓上过的，他们在潭里钓上的，大多是些很小的鲤鱼和小鳞鱼，而渔夫竟在河水这么湍急的地方捕到这么大的鱼，年轻人愣住了。

渔夫笑笑说："潭里风平浪静，所以那些经不起大风大浪的小鱼就自由自在地游荡在潭里，潭水里那些微薄的氧气就足够它们呼吸了。而这些大鱼就不行了，它们需要水里有更多的氧气。没办法，它们只有拼命游到有浪花的地方，浪越大，水里的氧气就越多，大鱼也越多。"渔夫又得意地说："许多人都以为风大浪大的地方是不适合鱼生存的，所以他们捕鱼就选择风平浪静的深潭，但他们恰恰想错了，一条没风没浪的小河里是不会有大鱼的，而大风大浪恰恰是鱼长大长肥的必要条件。大风大浪看似是鱼儿们的苦难，但这些苦难却是鱼儿们的天然给氧器啊！"

　　大风大浪这些"苦难"是鱼的"给氧器"，而那些人生坎坷和困苦是不是我们人类的"给氧器"呢？我们总是在为自己营造人生的风平浪静，我们总是在为自己追寻生命里的和风细雨，我们是不是静潭里的那一条条小鱼呢？

画龙点睛

　　水流湍急浪花飞溅之处有大鱼，命运沉浮人生坎坷将砥砺出巨人。经历风雨才能取得自身上的成功，如果只是在风和日丽的环境中生活，当灾难来临时便难以应对，只有经历过，才会懂得，才能更好地去处理灾难，才会取得人生的成功。

数学王子

　　那时，他刚刚 19 岁，正在德国哥廷根大学读书学习。他酷爱数学，那些枯燥的数字和变幻莫测的公式、几何图形让他沉迷不已。在他的导师看来，他不仅极具数学天赋，而且刻苦努力，或许能够成为一位出色的数学家，因此，在每天布置完全班同学的数学作业后，对他寄予厚望的导师总会额外给他布置两道难度较大的数学题。

　　1796 年深秋的一天，吃过晚饭后，他照例伏在课桌上完成导师布置给他的两道数学题，那两道习题他在不到两个钟头的时间内顺利做完了。在就要卷起那两道习题纸的时候，一个小纸条从导师交给他的题纸中掉了下来。他捡起纸条一看，纸条上是一道数学题，他没有多想，只是以为那是导师另外给他布置的习题，于是他又坐下来，埋头做了起来。

　　这是一道特别难做的习题，几年了，导师从没有给他布置过如此高深的习题，他感到前所未有的吃力。他绞尽脑汁，集聚自己所学过的全部数学知识，全力以赴从各个角度去演算这道数学题，但成效不大，直到半夜时仍然毫无进展。既然导师把它布置给了我，那么它肯定有一个解题的方法，只是自己现在还没有找到这种方法而已，我一定要把它做出来！他皱着眉头想。

　　圆规、直尺、铅笔、纸，他在课桌上又写又画，草稿画满了一张又一张，图形推敲了又推敲，但还是找不到答案。他伏在课桌上闭上眼思考了几分钟，他觉得，用常规的数学思维对付这道题显然是不可能找到答案的，要解开它，或许需要跳出常规的数学习惯思维才可能会柳暗花明。于是，他重新调整了思路，取出厚厚一沓草稿纸，又一头扎进那道高深莫测的数学试题中……

当远处教堂里的晨钟悠悠地响起时，熬红了双眼累得精疲力竭的他忍不住微笑了起来，他庆幸自己终于解答出了这道数学题。他将这道题的答案和另外两道数学题匆匆送给了他的导师，并且愧疚地对导师说："对不起，写在小纸条上的第三道题的确太难了，我十分吃力，整整做了一个通宵，不过还算不错，我终于把它解答出来了。"

"什么小纸条上的第三道题？"导师有些莫名其妙，但当他看过年轻人第三道题的答案后，立刻就惊呆了，他用颤抖的声音问自己的学生说："这真的是你做出来的吗？"看着惊讶不已的导师，他点点头说："是的老师，是我解答出来的，不过，实在有些太不好意思了，这一道题我竟做了整整一夜。"导师兴奋地马上拉他坐下，竭力压抑着自己内心中的激动吩咐他说："你现在重新给我解答一遍让我看看。"在导师的焦急注视下，他重新解答出了这道题，并规范地在一张草稿纸上画出了一个正17边形。

捧着那张草稿纸，导师欣喜若狂得顿时语无伦次，导师激动万分地告诉他说："你创造了世界数学史上的一大奇迹，这道题已经悬而未决两千多年了，阿基米德对它束手无策，牛顿也没有解出答案，两千多年了，多少杰出的数学家对它望洋兴叹，但你仅用一个晚上就解出了答案，年轻人，你是一位天才的数学家啊！"

他一听，顿时也愣了，阿基米德、牛顿那都是些高山仰止的数学泰斗啊，他们没有找到答案的数学试题，一个两千年都悬而未决的数学难题，竟被自己在一夜之间攻克了。他高兴万分地对导师说："幸亏您没提前告诉我有关这道题的历史真相，要不，我很可能不敢贸然去解答它的。"导师说："我也并非是把它布置给你的，我在其他地方见了这道题，把它抄在纸条上，准备以后慢慢研究的，没想到夹在试题中给了你，更没料到，你用一夜时间就创造出了世界数学史两千年也没能突破的伟大奇迹！"

年轻人兴奋地笑了："真是无知者无畏啊，如果我知道这道题的历史真相，或许奇迹就难以出现。"这个年轻人便是后来闻名于世界的数学王子高斯。

无知者无畏。在我们不知道困难有多大的时候，我们往往有信心和勇气勇敢地向困难发出挑战，但一旦窥见了困难，我们往往就望而却步被困难吓退了，这就是许多才华横溢的人最终却成为庸庸碌碌者的根本原因。

🍵 画龙点睛

尽管放手去做你的事情，别在完成事情之前总盯着困难，这是奇迹诞生的最好摇篮。往往不知困难反而就在无意中将困难迎刃而解了，这就是机遇与巧合。如果高斯知道了这道数学题的故事，结果未必能解答出来。在我们把伟大的事情当成平常的一件事情来做的时候，用一种很平和的心态来处理，往往会收获到意想不到的效果。

吃得苦中苦，方为人上人

在人的一生中，谁都难以躲过"吃苦"这一关。如果在该吃苦的时候不吃苦，那么到了不该吃苦的时候就一定会吃苦。如果在年轻的时候不能吃大苦，那么到年老的时候就不可能享大福。

美国有一个家财万贯的大企业家的千金小姐，在大学期间白天上课，晚上外出打工，以赚取学杂费。有人认为她的父母有些"不近人情"，但这位企业家的回答是："我这样做只是为了让孩子从小知道生活的艰辛，让她经受一点艰苦生活的磨炼。这样，她长大以后才能知道怎样把握自己，如何才能在社会上立足。"

既然本来不需要吃苦的人都有意要使自己吃些苦，那么对于需要吃苦而且必须吃苦的人来说，就更不必抱怨生活的苦难了。实际上，只有吃得苦中苦，才能成为人上人。这几乎是一条成功的金律。

香港富豪霍英东出生时，家里穷得无法形容，苦得难以言述。在苦难中长大成人的他，进入社会后的第一份工作是在一艘旧式的渡轮上做加煤的工作，做了不久便被老板炒鱿鱼了。

霍英东天资聪颖，人又很勤奋，为什么会被解雇呢？原因是他家贫，长期营养不良，体重只有90多斤，瘦骨嶙峋，根本无法负荷日以继夜的体力劳动。他后来回忆说："早上时体力还可以，但到了晚上我就感到身心疲惫不堪。我当时一日三餐，都是吃不饱的。"

后来，霍英东在启德机场当苦力，每天有七角半工资及半磅米分配。他说："为了省钱，每天清晨5时就由湾仔步行至天皇码头，坐一角钱船过九龙，再骑脚踏车前往启德机场。"可是由于体力不足，他在扛货的时候，一只手指被压断了。

工头看他可怜，便安排他做修车学徒。但他爱好冒险，擅自驾车，不小心撞上了另一部货车，于是又被解雇了。此后，霍英东曾应征做铁匠，却因为太瘦弱而没有成功；于是便上船做锅钉的工作，但很快再次被炒鱿鱼；接下来，他又到太古糖厂做制糖的工作。

一次又一次的苦难，并没有击垮霍英东，而是磨炼了他的意志，培养了他的坚强性格。将近而立之年的时候，他终于时来运转，在朝鲜战争期间将中国大陆急需的物资与药物运送过来，短短几年间就发了一大笔财。不久，他又向地产业进军，并参与航运业、娱乐业的经营，终于跻身华人超级富豪的行列。

霍英东在发达之后，仍然不改"吃苦"的本色。他不抽烟、不喝酒，从不喜欢吃得过饱，主粮是芋头和粟米，每天都坚持游泳。现在虽然已到了耄耋之年，他依旧腰板挺直，行动敏捷，双目炯炯，精力过人。

正是坎坷悲惨、多苦多难的童年、少年和青年经历，才造就了霍英东后来的辉煌人生。

🫖 画龙点睛

我们应该感谢生活中的磨难。感谢生活中的磨难，给我们带来成功的机会和胜利的奇迹。

我们每一次战胜磨难的过程，其实就是超越自我的过程。但是，生活中也有一些胸无大志的人，只是将磨难看成了洪水猛兽，患得患失、自暴自弃，最终也只能虚度了光阴，断送了自己的前程。

有梦想才有希望

偶然的，在一个角落里找到自己昔日写的一本小诗集，很虔诚地翻阅着那曾经的美丽，诗句虽略显幼稚却不失真挚，虽拘谨也不乏浪漫。品读着自己曾经的心灵小语，突然间有些不敢面对自己了。

多少年来，不再有梦想，不再有希冀，不再向往，不再追求，早就习惯了安于现状，甚至还可以对自己的颓废理直气壮，这还是我吗？我曾经的理想呢？我曾经的追求呢？那些年少时的狂妄，那些曾经的豪言壮语，都跑哪儿去了呢？我豁然明白，那个年少时的梦想早已被自己丢弃在某个角落里，就如同这本小小的诗集一样。我甚至会编一些幼稚的谎言来欺骗自己，以便给自己的自甘颓废寻找借口。这十多年来，我输给了自己！

在少年时代，我就有一个当诗人的梦想，所以对汪国真是情有独钟，光他的诗我就抄了好几大本。每每读着那些优美的诗句，就会幻想有一天自己的文字也可以像他的那样，被人喜爱。然而，当远离了学校，当繁重的农活疲惫了身心，我再也没有闲情逸致去品读那些喜爱的诗句了。直到后来结了婚，有了孩子，也就顺理成章地做起了家庭主妇，过着循规蹈矩的平凡的日子。那个绝美的梦，便在锅碗瓢勺的撞击声中破碎了。曾经的憧憬，曾经的豪情，也就被自己深深地埋葬了。

这么多年都在碌碌无为中颓废，在熙熙攘攘中迷失。有时候也会想，如果当初我可以坚持，如果有人可以一直给我鼓励，或许我的人生就不会是现在这个样子。可如今的我终于明白，任何外在的干扰都不应该成为自己怨天尤人的理由，生活中的磨难更不应该成为我追逐梦想的绊脚石。

所以我一定要改变自己的人生态度，挑战我的自甘平庸，把苦难当成动力。我应该从现在奋起，把自己的心交给希望，而不是过去。正所谓：天将降大任于斯人也，必先苦其心志，劳其筋骨，饿其体肤，空乏其身。也许这正是命运对我的考验，我为什么不可以把生活中的经历也看成是我人生的一种财富？记得朋友曾对我说过："艺术来源于生活，又高于生活。"没错，如果没有曾经的经历，也不会有我今天的生活感悟，这样来看，我是不是也应该感谢这种磨难？庆幸这种经历呢？

人，总是会在矛盾中挣扎，在痛苦中抉择，有笑有泪，有取有舍，这就是人生，这就是命运。不管事态怎么改变，其实主宰命运的一直是我们自己，不管是心有所向，还是迫不得已，那都是你自己的抉择，怨不得任何人。这个世上本来就没有什么救世主，如果自己不想着超越，没人帮得了你。

因此，我不管自己能不能成功，结果已不再重要，我更注重那走过的路程，我会在其中领略每一次进步的喜悦，体会每一个超越的欣慰，即便是其中不乏艰难与失望，能在坎坷中完善，在困难中成熟，苦也不失是一种快乐。

人就是这样，无论什么时候，你的心里得有个念想儿，你得为自己的梦想去奔，即便是到头来真的只是个梦想，至少你美丽了整个追逐的过程。所以我不会放弃我的梦，哪怕是再多的苦难，我一样渴望体会，乐意承受！

🫖 画龙点睛

梦想是一个人前行的动力，而对于成年后的人们，往往被现实打败，放弃了自己最初的梦想，过着日复一日的相同的生活，而不经意间被儿时的日记唤醒。梦想可以很大，也可以很小，但是一定要有，因为这样生活才会有希望。人生因梦想而多彩。

优等的心，必须坚固

从梦中惊醒的时候，窗外正淅淅沥沥下着小雨。

拉开窗帘，静静遥望远处泛着乳白的晨曦，想起少女时代那个开满菊花的小小的庭院。那时候身体不好，总是在别人背着书包上学的时候一个人躺在床上打针吃药，孤单的时候也不想寂寞，把录音机里缠绵的钢琴声放到最小，和着窗外滴滴答答的雨声，怀里揣着的那份迤逦的梦想便一点一点荡漾开来。

秋天的时候，打开窗子，一阵一阵的菊香便扑面而来。南方的秋天依然绿意满盈，最记得窗外花台上那丛本应在秋的萧杀中慢慢凋零的丁香，在最后的绽放中却显得愈加的从容与恬淡。

最近总是回忆过去，回忆童年的院子；回忆爸爸在院子里挖的那口浅浅的却总是盈满清泉的井；回忆那份独我与自命清高带来的高处不胜寒；回忆白色窗帘下那口小小的鱼缸，几条小鱼儿总是在里面快活地游来游去，水面上漂满黄色的菊花花瓣；回忆那首一直伴随着我走过少女时代的《秋日私语》；回忆独自站在雨中，轻轻吟诵那首结着愁怨的美丽的诗：雨巷中，那丁香花般的，结着愁怨的姑娘……

回忆的美好，在于回忆带给人温馨的遐想，但当朝着太阳走的时候，回忆就是一种告别。

想起毕淑敏的一句话：优等的心，不必华丽，但必须坚固。

因为走了一条少有人走的路，所以必须让自己拥有一颗坚固的心。往往在走得很累的时候想停下来，却因为那颗不够华丽却依然坚固的心而不敢有丝毫的懈怠。

往往在受伤的时候轻抚伤口暗自垂泪，却总是在旭日升起的那一刻又充满希望地重新拾起早已漫不经心扔在地上的行囊，因为永远知道，一颗坚固的心是不应该被随便搁置的。

与心同行的，应该还有坚定的信念，玷污了一颗心，也就玷污了那份执著的信念。

也许会在一个霞光万丈的黎明，一度被怨愤与仇恨塞得满满的心在被噩梦惊醒的时候突然苏醒了过来，瞬间就明白了用一生都可能不能悟出的道理。是啊，为什么要用别人的罪过来惩罚自己？

一直告诫自己做一个简单的女人，却不愿意做一个被幽怨与哀伤折磨得面目全非，靠为赋新词强说愁来告慰一颗脆弱的心的小女人，不愿意用华丽将自己装扮得光彩四射，不愿意用柔弱的眼泪去换取廉价的同情与安慰，更不愿意在群芳妒艳的热闹中忘记自己本应该归去的方向。

因为拥有一颗坚固的心。

生命苦难重重，人从生下来的那一天起，就意味着苦难历程的开始，否则，落地时为什么要哭？我们常常在最无奈无助的时候去丈量生命的长度，却永远不知道，生命的长度，其实就在一呼一吸之间。当一颗心学会了在爱中行走的时候，其实也就在心里种下了信仰的种子，这样的一颗心灵生长出来的果实，已经超越了生死的界限，必然是美的。

学会凌驾，凌驾于自己的一颗心之上，不要让心成为最大的骗子，别人能骗你一时，你也能骗别人一时，而心却会骗你一辈子。要身在万物之中，心在万物之上，因为心能造万物，心亦能毁万物。

学会自在，自在就是真正的醒觉，真正的自由，真正从许多虚妄中解脱出来，真正让一颗心获得喜悦。自在就是从有心到无心，从有我到无我，从有生到无生。

佛说，本来无一物，何处惹尘埃？这是一种告诫，要让我们做一个干净的人。做一个干净的人，追本溯源，其实就是要让我们拥有一颗干净的心。不要因为走了一条少有人走的路，我们就可以说一颗心因此是肮脏的，为信念而活，一颗心永远都洁白无瑕。

只要是朝着太阳升起的方向走，即便在噩梦醒来的时候，仍然看得见黎明的曙光。

因为我始终相信，一颗优等的心，不必华丽，但一定坚固。

画龙点睛

生活给予每个人的不同，古人也说，天将降大任于斯人也，必先劳其筋骨，饿其体肤。可见成大成者一定要拥有一颗顽强坚固强大的心来支撑自己的信念。否则每天面对那样多的问题，我们又如何来解决与面对，更有什么勇气生活下去呢？只要我们拥有了这颗顽强坚固的心，我们会持之以恒地为了梦想而努力。

儿子的信

"二战"期间，一位名叫伊丽莎白·康黎的女士，在庆祝盟军于北非获胜的那一天，收到了国防部的一份电报：她的独生子牺牲在了战场上。

那是她最爱的儿子，那也是她惟一的亲人，那就是她的命啊！她没有办法接受这个突如其来的严酷事实，精神接近了崩溃的边缘。她心灰意冷，痛不欲生，决定放弃工作，远离家乡，然后默默地了此余生。

当她清理行装的时候，忽然发现了一封几年前的信，那是她儿子在到达前线以后给她写的。信上写道："请妈妈放心，我永远不会忘记你对我的教导，不论我在哪里，也不论遇到什么灾难，都要勇敢地面对生活，像真正的男子汉那样，能够用微笑承受一切不幸和痛苦。我永远以你为榜样，永远记着你的微笑。"

她热泪盈眶，把这封信读了一遍又一遍，仿佛看到儿子就在自己的身边，用他那双炽热的眼睛望着她，关切地问："亲爱的妈妈，你为什么不照你教导我的那样去做呢？"

伊丽莎白·康黎打消了背井离乡的念头，她一再对自己说：告别痛苦的手只能由自己来挥动。我应该用微笑埋葬痛苦，继续顽强地生活下去。我没有起死回生的能力改变它，但我有能力继续生活下去。

后来，伊丽莎白·康黎写了很多作品，其中《用微笑把痛苦埋葬》一书，颇有影响。书中有这样几句话："人，不能陷在痛苦的泥潭里不能自拔。遇到可能改变的现实，我们要向最好处努力；遇到不可能改变的现实，不管让人多么痛苦不堪，我们都要勇敢地面对，用微笑把痛苦埋葬。有时候，生比死需要更大的勇气与魄力。"

画龙点睛

　　在生活中，每个人都会遇到这样或那样的痛苦，那时，我们不能只停留在痛苦的时光，不能只记住悲伤的曾经。我们更应想到幸福的过往，想到美好的将来，让我们用微笑把痛苦埋葬，对生命保持一种积极向上的心态，只有这样做，才能最终走进幸福的殿堂。

重要的是我们做了什么

在人生两万多天的时间里，没有人自始至终都是幸运儿。

有这样一个令人难忘的故事：

有一个老头住在市郊，一天，他想去城里办点事。走出大门时，正巧有一辆拉煤的翻斗车路过，出于想省钱的目的，他就招手让车停了下来，想搭车走。可是驾驶室里已坐满了人，他就自作主张地坐在了车斗里。

进城后，司机拉着他直奔卸煤点，等到翻斗车将煤卸完，司机才想起老头在后边，急忙下车查看，只见老头挣扎着从煤堆里爬了出来，看见司机幽默地说道："呦，小伙子，真不好意思，刚才下车时一个不小心，把你的车斗给踩翻了。"

人生一世，草木一秋。人的一生很短暂，在两万多天的时间里，没有人自始至终都是幸运儿，我们的生命中，无不交织着喜悦与悲伤、顺利与坎坷、幸运与不幸、得到与失去。正是如此纷繁的内容，构成了生命的多姿多彩，我们才品尝到生命复杂的滋味，到日暮黄昏的时候，也才有了那么多可供回忆的内容。

生活就是一个个难题，我们不断地去破解，最艰难的是解题的过程，承受住那个过程、完成那个过程，人生就多了经历，人生就多了坚强。

人生是个大舞台，也许有笙歌相伴，也许有人不断地穿梭，但主角永远都是我们自己，别人能给我们再大的帮助，他们却无法主宰我们的一生。

我们没有先知先觉的能力，芸芸众生，谁都无法避免苦难的降临。勇敢者、智者面对苦难，能够坦然接受，然后想方设法化解苦难，把它看作是对人生的又一次挑战，也会赢得别人的敬重；懦弱者、愚者面对苦难，好像塌了天，垂头丧气，甚至丧失了生活的勇气，结果苦难更加深重，造成的损失与危害更加巨大，戕害自己的心灵，为别人留下笑柄或提供反面的教材，这样的人生何其可悲。

其实，没有过不去的火焰山，车到山前必有路，重要的是你的心态。

有一个神话传说：

西西弗触犯了天庭的法律，被贬到人世间受苦。他所受到的惩罚是要将一块大石头推上山，直到它不再滚下来为止。西西弗推呀推，费尽气力将石头推上山顶，周而复始、永无休止。

天神想靠这样的折磨，使西西弗心灵崩溃而死。西西弗每次推石头上山时，天神都嘲笑、打击他。但西西弗不相信命运，依旧我行我素。他想：既然推石头上山是我每天的任务，那我就每天都来完成，完不完成责任在我，至于石头是不是往下滚，那就和我无关了。再说，石头不往下滚，我将推什么呢？

在西西弗的坦然面前，天神折服了，他无法再惩罚西西弗，便让西西弗返回了天庭。

一切外在的磨难，都会在心灵交汇，你的盾牌不是外人的帮助与同情，而是心理承受能力。一帆风顺不会使我们的心灵成长，苦难可以给我们的心灵淬淬火、加点钢。遇到苦难时，沉静下来后，从反面想一想，也许会宽释你阴郁的胸怀。

想一想贝多芬，苦难好像不断地降临到他身上，双耳失聪，双目失明，但他没有垮掉，反而成为一代"乐圣"；想一想张海迪，全身三分之二没有知觉，但她不断地进行"生命的追问"，针灸、写作、翻译……一个正常人都无法取得那样的成绩，海迪不愧是青年的楷模。

我们身心遭受的苦难，难道会比他们更严重？苦难再大，都属于我们自己，不承受也得承受。承受它才能打垮它，不承受就会被它打垮！

记住"重要的不是发生了什么，而是我们做了什么"。

画龙点睛

红花感谢绿叶；蜜蜂感谢花朵；大树感谢太阳、大地、雨露。正是它们的存在、奉献、馈赠，才能使红花、蜜蜂、大树造福人类。人生的经历不可能一帆风顺，你要感谢所经历或将要经历的磨难，它会带给你力量，让你积累经验，使你坚强振作起来。

每个生命都有梦想

台上，亮晃晃的灯光打在她美丽的毫无瑕疵的脸上。这名身材高挑而仪态万千的女子姜馨田，就好像是一轮骤然从山里跳出来的太阳，四射的光芒扎得人眼睛发痛。台下数千名观众，绝对没有想到，在21年前，当她还不满周岁时，被诊断为失聪儿，她绝望透顶的母亲曾把她抱在怀里，悲痛难抑地走向大海。咆哮的大海掀起的巨浪打湿了婴儿的双脚，婴儿尖锐的哭声唤醒了母亲混沌的意识。在乍然醒过来的刹那间，身为音乐教师的母亲，噙着眼泪，痛下决心：即使女儿永远听不到声音，她也要设法把悦耳的音符嵌入女儿的生命里。

此刻，这位绝处逢生的女子，以独特的手语对大家"说"道：

"生命，总是有梦的，哪怕是一棵受伤的树，也要献出一片绿荫；哪怕是一朵残缺的花，也想献出全部芬芳……"

她的话，为中国残疾人艺术团历时两个半小时的表演《我的梦》拉开了序幕。

金元辉天生失明，他没见过光亮，不识乐谱，凭着天赋，两岁弹琴，五岁登台，乐曲过耳即能弹出。那晚，贝多芬的《月光奏鸣曲》在他灵活的十指下，如溪水般潺潺流泻，在观众心里铺陈出一片醉人的温柔。

黄阳光生于广西山寨一个瑶族家庭里，五岁那年因电击而失去双臂。他以脚代手料理生活，从事耕耘，闲来还绘画编织。在《秧苗青青》这支充满了动感的舞蹈里，看他敏捷万分地挑着扁担，蹲、坐、起、跃；扭、转、摇、摆。轻盈得像只小鹿，活泼得像只羚羊。

张佳欢出世时，医生沉重地叹息："她脊椎肌肉萎缩，最多只能活到一两岁……"然而，迄今15岁的她，却在生命之页屡屡谱写奇迹。她，无法站立，却能在大海里游动如鱼；她没进校园，却靠自学修读大学课程；她学英语、德语、意大利语，只为了能以多种语言演绎异国歌曲的内容。当晚，她以英语演唱的两首歌曲《雪绒花》和《剧院魅影》，音域宽广，歌声甜美得仿佛淌着蜜糖。当她，神采飞扬地引吭高歌时，轮椅上那萎缩的身子，高大如一巨人。

最绝的是艺术总监邰丽华，两岁那年因发高烧注射链霉素而导致失聪，上聋哑小学时，受律动课老师的影响，爱上了舞蹈。在《白舞鞋——我的自白》一文里，她忆述自己曾发狂地渴望拥有一双白舞鞋，可是，为了带她治病，母亲辞去了工作，全家四口只靠父亲微薄的收入过活。父亲洞悉她的愿望，在她七岁生日时，给她买了一双舞鞋。为了练舞，她全身跌得青一块紫一块的，为了不让妈妈担心，长年穿着长裤来遮盖身上的伤痕……

这晚，她的独舞《在之灵》，确实已臻于艺术的化境，双臂柔若无骨，身体软如云絮，舞姿轻灵、轻盈、轻俏、轻巧，如深山的月光、如树梢的微风、如小巷的晨曦、如荷叶的圆露，让人如饮甘醇，醉得难以自抑。

站在台上的每一个表演者，背后都有一个悲酸的故事。他们原本是不幸的，但是，他们的双亲，以厚重如山的爱，为他们铸造了一只无形的翅膀；而他们所生长的社会，又以宽阔如海的胸襟，为他们塑造了另一只翅膀。

这双翅膀，带他们飞越了重重的难关，让他们在艺术的天地里，展现了生命的价值。

画龙点睛

不要为多舛的命运而放弃成功的希望，历经艰辛的人生才诠释出生命的顽强，流血流汗不流泪，身体和精神的双重折磨来袭，不畏险阻勇往直前，加之命运的羁绊，都不能让生命的强者低头。梦想终会成功，不要被生活中的苦难打败，要做一个强者，这样我们才能收获自己的梦想之果，才能让高飞的梦想飞得更加的高远。

第三辑
理想就像烟花

怎样期待，就拥有怎样的人生

美国哲学家爱默生说："人的一生正如他一天中所设想的那样，你怎样想象，怎样期待，就拥有怎样的人生。"只有积极的心态才会让我们的人生充满欢乐与阳光，才会让我们的生活更加美好。

人生，短暂也好，漫长也好，需要我们用心去感悟，用心去品味。佛家说："一叶一菩提。"农夫讲："一花一世界。"人生一世，草木一春，没有人在生命的所有季节里不受到一丝严寒酷暑和风霜雨雪的侵袭。只是在相同的景况下，每个人不同的心态决定了自己的人生成败。

梁启超说过"不在客观的事，只在主观的心"。乐观的面对，积极的向上，是人生走向成功的必备条件。用良好的心态去对待每一件事，重要的是调整自己，如果改变不了现实，我们就改变自己。成功是美丽的，但人生中有许多的事，付出了未必成功，其实，只要自己付出了，没有成功也是收获。如果把追求成功看作是开花结果，那成功就是果实，追求就是花开到结果的美丽过程。有一句这样的诗："天空没有鸟的踪迹，但我已经飞过。"并不是每一朵花开，都收获果实，只要绽放过美丽，就是无憾的人生。

爱迪生说："失败也是我需要的，它和成功一样对我有价值。"失败是人生常常要面对的，无论是谁，都不敢说自己终生与失败无缘，如果人生注定要与失败打交道，那就要学会做一个善败者。《孙子兵法》说："善败者不乱。"，不能因为失败就丧失信心和拼搏精神。人生可以失败，但不可以被击败，精神和气魄才是真正的胜利，信念是人生的太阳。失败不失志，不言放弃；失败不失智，冷静面对；失败不失勇，哪里跌倒，就在哪里站起来。只有坚持，你才能继续前进，收获成功。

世界闻名博士贝尔曾经说过这么一段至理名言："想着成功，看着成功，心中便有一股力量催促你迈向期望的目标，当水到渠成的时候，你就可以支配环境了。"一个人的心态决定一个人将要走的路，只有积极心态才会有更多的成功。

人生有低谷也有高峰，你要做的不是想太多，要太多，重要的是摆正位置，拿出真正的豁达。不必把一时的得失看的太重，更不必把别人一句无意的话当成有意的话，自寻烦恼和痛苦。心要像明月一样，有水就有月；心要像天空一样，云开见青天。

没有人一生是一帆风顺的，会经历沧桑，会偶感忧郁，有时候会愤怒充满胸膛。每一个有灵性的生命都有心结，心结是自己结的，也是自己解的，生命就在一个又一个的心结中成熟，然后再生。

如果你在竞争中失败了，不要觉得阳光在你身边暗淡，不要觉得心情郁闷。低沉的音乐飘不出一个欢快的旋律，不要给自己拧出一个抑郁心结。

如果你受尽委屈，没有人理解你是诚恳的，没有人知道你天真的表情下也埋藏了一颗稳重的心，你也有一份扭转乾坤的计划，你也有一股托起苍穹的力量。没有人信任你，不要给自己拧出一个孤独的心结。

如果你才干超群，得意春风送你走上阳光大道，困难在你目前迎刃而解。被嫉妒、被排挤，你不要气愤得拧出一个无奈的心结。

如果你的工作干得无人可比，你的努力没有得到回报，却给一个你无法接受的理由，你不要悲观地拧出一个失望的心结。

在失败和困难面前，乐观、豁达，总是战无不胜的。要相信每天的太阳都是新的，要相信明天的状况会比今天好。困难是暂时的，失败是暂时的，美好的明天才是永恒的。

当你怒发冲冠时，需要的就更是豁达了，别人嫉妒你、排挤你，你不予理睬，把本事练得棒棒的，风吹不倒，雷劈不开，那才是铮铮铁骨。

世上的事千姿百态，人类社会更是无奇不有，当你含笑面对一切时，便没有解不开的心结。天空总是会下雨的，当没有阳光时，你自己就是阳光；没有快乐时，你自己便是快乐。

人世沧桑，几多悲欢，一帆风顺的能有几人。恩恩怨怨，坎坎坷坷，没有人能够不面对，弱者在泪水中沉沦，强者在磨难中拼搏。岁月如溪水流走，匆匆又匆匆，也如天际的那片白云，飘走得无声无息。季节的轮回，是自然的规律，不容你改变，但人生的四季，却可以留住春天的葱绿。强者不一定是胜利者，但是胜利者一定都是自信的人。

凡事应该想远点才好，淡化痛苦，超然洒脱，就能意外增添几许欢乐。人生中，用不着事事求别人理解，用不着事事都考虑别人怎么说，你不欠别人一个解释，别人也未必理解你什么，因为"天南地北容易辩，人世真假最难说"，只要有颗真诚的心，就应该为自己的幸福而执著。如此想想，你就坦然轻松了许多。

我们不必期望每个梦想都成真，不必在乎每一个得失和错漏，不要总是想自己得到没有。人生，不可能总是精彩。生活原本是多样的感受形式，快乐、痛苦、失望、忧伤，都是一次一次选择的阅历，一次一次人生的体验。有哲人说过："意义在于过程，幸福源于细节。"推开窗，窗外是蓝蓝的天。

日月星辰给每个人的光明都是平等的，不要怨天尤人，更不要消沉，好好努力。要相信，当你的汗水洒过之后，就会有沉沉的果实挂在人生的枝头。只要你昂起头，就可以寻觅到属于自己的那片蓝天，只要肯弯腰就可以采摘到自己喜爱的花束，命运就握在你自己手中。

岁月是无情的，假如你丢给它的是一片空白，它还给你的也是一片空白；岁月也是有情的，假如你奉献给她的是一些色彩，它奉献给你的也是一些色彩。你必须努力，当有一天蓦然回首时，你的回忆里才会多一些色彩斑斓，少一些苍白无力。只有你自己才能把岁月描画成一幅难以忘怀的人生画卷。

永远记住：信念是人生的太阳，它将永远照耀着你的人生之路。相信自己，春天就会在你心中永驻。虽然春天里也有凄风冷雪，风霜尘埃，但只要你在这春天里，努力去实践你肩负的社会责任，一路轻盈地前行，坚定你的信念，人生就会在你面前展开新的天地。

我们都有能力去接受或不接受自己是谁，正在干什么？想想吧，我们是不是经常为了取悦别人而按照他们的期望去塑造自己？如果是，那我们就很可能面对不肯接受自己或自己的选择这样的悲剧，而且是吃哑巴亏，或不承认这一点。要想拥有自己的人生，就得有勇气面对这个事实。这意味着为了主张自己的想法要冒一点险，甚至让某个关系濒于破裂，但你也会因此而赢得别人更多的尊重。

你可能已发现，你越不苛求别人的认可，就越心平气和。在某种意义上，从你尊重的人——那些值得崇拜和模仿的人那里寻求建议，或模仿他们的行为模式，是无可厚非的。寻求别人的认同是人的天性，但是记住：一定要有所选择。选择那些真正对你好的人，那些价值观值得你钦佩并且真正关心你、支持你的人。但是，有时候，就是这些人，你也要保持距离。检视一下自己的人生，看看自己对前进方向是否满意是至关重要的。看看自己是否需要在生活的某方面做出改变？看看自己是否得到了想要的结果？

实践生活中，有许多事情是不能用借口来遮蔽的。不要找借口的思想能增强你的自我价值感，提升你对自己的尊重和爱。你将不再拉着别人为你做挡箭牌，并学会靠自己来创造新关系和新生活。当你放开你爱的人，不再躲在他们身后寻求保护，那么你将体验到一种难以置信的自由。

画龙点睛

工作上的不快乐，领导有时不能赏识你，自有不赏识的原因，工作中或许有些小磨擦，不要去责怪他人，自己可以更努力工作，尽心做事，扪心自问，只要能对得起自己所从事的职业，只要问心无愧，只要自己心安，就可以笑对他人。

一棵草，心劲到底有多大？

　　小时候，常在荒沟野坡上跑，在草地上打滚儿，一地茅草。有时恶作剧，拿火烧它，一坡的烟火。春天，就在一地黑乎乎的烟灰间。茅草探出了葱管样的叶片，小心地把它拔出来，剥开，中间那根淡绿色的软针就是茅针了。乡下的孩子，相信都吃过茅针，从沟坡上走过的孩子，哪一个手里不是一大把的茅针？嚼腻了，随手就扔了。

　　谁能知道，扔的原来是一朵花蕾，一朵藏在叶子中间待放的花蕾。茅针，其实就是茅草的花穗。躲过孩子样手指的茅针，稍后纷纷穿透叶片开出一支细长长的猫尾巴一样的花来，是芦花的迷你版，没有瓣瓣朵朵的形态，没有缤纷的颜色，花期却很长，一直开到一花穗的絮都飞尽。一坡的青茅，举着白花花的穗花，让人在春天里望到了秋的影子。

　　再恶劣的环境也不能阻挡一棵草开花。小时候，老家多茅屋，屋顶上稍稍塌陷能承接一点雨水的地方，必有一丛草，只要得到一点湿润和尘土，就萌发了。

　　它的生命源于早春，直到暮春，太阳稍一发力，它缺水缺土、没根没系的生存窘境立即显现。在所有绿色向人们的视野大举进攻、攻陷大地每一个角落的时候，它耗尽汁液，悄然枯萎。然而就在谢幕前，它也不忘开一次花，那黄色的小小的花朵，迅速地开放，迅速地凋谢，迅速地结籽。匆匆又匆匆。它把梦留给了下一个春天。

　　而你以为根本不会开花的一棵草，它不过是没有开在你的眼前。从未看过蒲子开花。这个夏天，带一个朋友去我老家消暑。晚上，就在屋后，一人抱一个柳树根，数星星，说闲话，不觉夜半。朋友忽然惊异地说："看，花！"真的，一转头水塘边密密匝匝的蒲子丝里，数朵白花闪烁。月光正好，一朵朵蒲花如灯如纱。

这是一朵躲在夜里开放的花。

草，还有比它更"草根"的阶层吗？

"一棵草，心劲到底有多大？每棵草都有一棵开花的心。"一个走遍千山万水、阅遍沧桑的人说。

画龙点睛

每一棵草都有一个缤纷的梦和期待。举一朵小小的花，那是一棵草不自弃的宣言，那是草为自己的生命燃放的一支烟花，是草躲在乡下的一次化妆。

跌倒了也要站起来

有这样一个寓言：从前，有一群青蛙举办了一场攀爬比赛。比赛的终点是一个非常高的铁塔的塔顶。一大群青蛙围着铁塔看比赛，围观者为它们加油。比赛开始了，老实说，这群青蛙中没有相信这些小小的青蛙会到达塔顶，他们都在议论："这太难了！它们肯定到不了塔顶！""他们绝不可能成功的，塔太高了！""他们这是不自量力，没有谁会去做这种愚蠢而没有意义的事！"听到这些，一只接一只的青蛙开始泄气了，除了那些情绪高涨的几只还在往上爬。群蛙继续喊着："这是不可能的，没有谁能爬上顶的！"

越来越多的青蛙累坏了，退出了比赛。但有一只却还在越爬越高，一点没有放弃的意思。最后，其他所有的青蛙都退出了比赛，除了这一只，它费了很大的劲，终于成为惟一一只到达塔顶的胜利者。很自然，其他所有的青蛙都想知道它是怎么成功的。

有一只青蛙跑上前去问那只"胜利者"，它哪来那么大的力气爬到塔顶？结果它发现这只青蛙是个聋子。

这告诉我们，无论何时都要保持乐观的心态。而且，最重要的是，当有人告诉你，你的梦想不可能成真时，你要学会变成"聋子"，对此充耳不闻！

在我们成长的路上，总有人会对我们说，这样不行，那样也不行！在很多人的眼里，我们早已偏离了"正常"的轨道。如果我们停了下来，听信别人那些"头头是道"的"经验之谈"，那么我们也会像他们一样，在某个初春或是深秋的早晨，对着那些正一路向前、努力拼搏的人说，这样不行，那样不好。

如果你是聋子，我知道，你当然不是聋子，只是当你在大街上走路，突然摔倒的时候，我不知道你是不是忍住了痛，立即装着无所谓的样子爬起来，看身边的人有没有在笑话你。我不知道你有没有在乎别人对你怎么看，我只知道，因为那一跤，你由于突然的行动在医院多躺了半个月。如果，我只是说如果，你是聋子，听不到别人对你的嘲笑，你还会努力的爬起来，装无所谓么？

画龙点睛

当我们跌倒的时候，不妨也学习文中的青蛙，不管别人怎样嘲笑，也要勇敢地站起来，继续前进！

为解决困难活着

"人活着就是为了解决困难。"这才是生命的意义，也是生命的内容。逃避不是办法，知难而上往往是解决问题的最好手段。

人生之路不会是一帆风顺的，我们会遇上顺境，也会遇上逆境。其实，在所有成功路上折磨你的，背后都隐藏着激励你奋发向上的动机。换句话说，想要成功的人，都必须懂得如何将别人对自己的折磨，转化成一种让自己克服挫折的磨练，这样的磨练让未成功的人成长、茁壮。所以，当你遭遇厄运的时候，坚强与懦弱是成败的分水岭。一个生命能否战胜厄运，创造奇迹，取决于你是否赋于它一种信念的力量。一个在信念力量驱动下的生命即可创造人间的奇迹。

在困难面前，如果你能在众人都放弃时再多坚持一秒，那么，最后的胜利一定是属于你的。坚定的信念是获取成功的动力。很多的时候，成功都是在最后一刻才蹒跚到来。因此，做任何事情，我们都不应该半途而废，哪怕前行的道路再苦再难，也要坚持下去，这样才不会在自己的人生里留下太多的遗憾。

精彩的人生是在挫折中造就的，挫折是一个人的炼金石，许多挫折往往是好的开始。你只要按照自己的禀赋发展自我，不断地超越心灵的绊马索，你就会发现自己生命中的太阳熠熠闪耀着光彩！

"要想赢，就一定不能怕输。不怕输，结果未必能赢。但是怕输，结果则一定是输。"

人生的道路上，我们每个人都不可避免地面对各种风险与挑战，结果有成功，也有失败。不过，人生的胜利不在于一时的得失，而是在于谁是最后的胜利者。没有走到生命的尽头，我们谁也无法说我们到底是成功了还是失败了，所以我们在生命的任何阶段都不能泄气，都要充满希望！

不要因为痛苦而放弃你的选择。所谓的成功人士，无非是比别人多付出，多经历了磨难的人罢了。只有不因痛苦而放弃你的选择，你才能成功。

凤凰涅槃化成蝶，正是因为经历了强烈的痛苦，然后才有着震撼人心的美丽。一个人的成功并不是偶然的，他是踩着无数的失败和痛苦走过来的，别人看到的只是他今天的光辉和荣耀。只有他自己知道，在他通往成功的路上，有着被荆棘扎破的斑斑血迹。

画龙点睛

泥泞的道路才留得下足迹。我们走路的时候，走在柏油大路上，回头望一眼，却找不到自己的脚印，而只有走在泥泞的路上，我们才能找到留下的足迹。制造泥泞的，是风雨，经历过风雨的人才有足够的能力走出泥泞。失败和痛苦就是人生的风风雨雨，在经历过无数的失败和痛苦之后，我们才会拥有坚强的内心，才会在风雨再次袭来的时候安然而过。

风雨之后有彩虹

寂静的夜，一个人坐在电脑旁边。内心充溢着满满的忧郁，关于人、关于事，总是寻思着我该写点什么，可是最后屏幕上打出的一排排字随着光标的回移被删除干净。很久没有写文章了，突然发觉不知该如何下笔。那脑海中偶尔闪过的一丝灵感，我粗拙的文字也难描绘出它的全部，心里难免有一丝惋惜。

武汉，这座华中地区的繁华都市，它有着我三年大学的记忆，有着我三年的青春岁月。这三年的时间我在这里学到了很多，每每想到总是很兴奋。然而此刻都市的喧嚣却难以激荡我内心深处的那丝落寞，傍晚时分一个人迈步在街头，霓虹灯的闪耀映衬出了我的孤独，看着身后四分五裂的影子，仿佛觉得他是在嘲笑我，嘲笑我在这个地方的失败。突然间觉得这座故乡的城市没有以前那么可爱，那么让人留恋了，他给我的只是内心深处那隐隐的伤痛。

身在异地对家难免有种种的眷恋，那里有温暖、有可口的饭菜，更重要的是那里还有生我养我的父母。每次离开家的时候，总是有些不舍，看着车窗后那逐渐淡去的背影，心中总是有些难过，眼眶也有些湿润。即使有再多的不舍，可是最终还是离开了。不知身后的父母内心有没有泛起一丝涟漪，或许有吧，但是已经看不见了！

都市的生活，是那么无趣、枯燥。人们总是以相同的步伐、三点一线的生活节奏，过着每一天。没有日出也没有黄昏，只有满街的车辆和遍地的人头。突然觉得繁华都市之中有了我这样一个人变得很不协调，我也和这座城市显得是那么格格不入。我有一个梦想，想做一个居于南山之下的诗人，每天种种花，种种草，情到浓时还能随口咏上两句诗。可是在当下的社会，这样的生活的实现是如此的艰难，悠然见南山的田园生活，是要建立在坚实的经济基础之上的。所以要实现这个梦，必须先要在这个社会立足具备雄厚的经济基础。我本不愿与这世俗合污，但社会难免让人变得世故，也许世故之后才能超脱世故，做一个寄情山水，超然物外的世外高人。

这个季节很特别，雨总是下个没完没了，刚下完一场又来一场，让人们本不愉快的心情变得更加消沉。然而风雨过后，人们抬头看着天际的那轮彩虹时，露出的却是满脸的欢笑。谁都不喜欢下雨，每次下雨都有人抱怨，可是谁又知道，谁又想到，雨过天晴之后天空中的那轮彩虹。或许我们不应悲伤，当下次下雨时，让我们一起期待雨过天晴之后的那轮彩虹。或许你会渐渐习惯下雨天，因为我们有了一丝希冀，有了对风雨过后那轮彩虹的希望。

画龙点睛

繁花开放，引人注目，让人感叹它的娇艳。繁华落尽，遍地狼藉，谁又在意它的凋零。如果花因为要凋谢就不开放，那怎样期待下一次的涅火重生，或许下一次的绽放会更加绚烂。我们对待生活也一样，如果因为生活艰难就失去信心，那么怎么体会苦尽甘来的乐趣。面对困难，我们要有一种征服欲，迎难而上才能让困难向我们屈服。

我们迷茫的青春

　　我一直在思考青年人最需要的是什么。爱情？友谊？知识？我不知道是哪个，直到那个出国的网友告诉我，他靠自己的力量出国念书实现他的理想，我才陡然想到，会不会是理想呢？

　　在这个满大街都是灯红酒绿的时代，理想实在是有些说不出口的，只有在小学生的嘴巴里或许才有，因为他们的心还是纯净的。至今在很多学校的墙上依然写着：要从小树立远大的理想。我一直不知道远大的理想指的是什么？是做大官？是挣大钱？还是拯救地球？

　　我很害怕理想这两个字眼儿，每当别人问起都胆颤心惊，丧失底气，因为我确实没想过我的理想是什么。小时候，老师问我理想是什么，我随口和别的小朋友答一样的"科学家"，老师高兴地点头。我清楚地记得那一次，我们班三分之一的人选了科学家，三分之一的人选了老师，另外的三分之一选了医生、护士。可是这些人现在大多成家立业，做着和当年所说理想毫无干系的事，所以小学生的理想是不可靠的。后来高中时，老师问我的理想是什么，那会儿哪有时间想理想啊，我随口一答"军事家"。后来在我的同学录上竟有一位同学还祝我早日实现军事家的理想，这着实令我羞愧不已。

　　还记得大二那年看的《老男孩》，当青春已逝，我们曾经的理想还在吗？一首老男孩告诉我们：梦想就像经典，永不褪色。我不知道当时为什么会流泪，后来我才明白，有理想，真好！

　　记得有一句诗如是说："我愿生如闪电之耀眼，我愿死如彗星之迅乎。"人的一生如果平庸黯淡，没有闪光，回忆便丧失其应有的色彩。现在的人往往追名逐利，往往有两种结局：一，成名得利，可是我不知道他们在黑暗里，年老时回忆起一生，除了名利和惊悚带来的空虚绝望还能留有什么；二，名利皆未得，当他们回忆起从前时，除了一路上追逐不得的痛苦，我不知道还有什么快乐可言。

看《观音山》的时候，一个朋友说他哭了，我安慰他："别放弃理想，哥们儿，有痛苦忍着就好。"

很喜欢三个主人公在火车后厢，阳光洒在他们脸上的光怪陆离的场景，觉得这代表了他们的迷惘，如同现在的我们，都在探索余下的人生。路在脚下延伸像还在飞扬的青春，火车碰撞铁轨的"轰隆声"像我们跳动不安的心脏在"扑腾"，在风中纷飞的长发，像那年刻在桌上几行歪歪斜斜的诗，上面的很多字已模糊不清，只是两个鲜红的字依然醒目：理想。

那些年，我们放纵着自己，在虚荣的故事里，内心孤独的游荡，渴望灵魂的自由。

那些年，我们在一片虚无里建造着自我陶醉的迷宫，整日兜兜转转，在原地停步不前。

那些年，我们迷失了理想……

画龙点睛

像一首外文歌里面说的：一些人坐在车里，可是并不知道去往何方。那些年，我们就是这样。我们坐在教室，我们走在大街上，我们穿梭在人群里，可是我们并不知道我们该何去何从。我们无所适从，我们处于迷茫中的青春，还有那些我们曾经懵懂的理想。

一个农村高中生创造的奇迹

    他出生在一个贫寒的家庭里，面朝黄土背朝天的父母，无法为他提供优越的学习和生活条件，但是他非常懂事，从步入校门的那天起，从来没有跟父母主动要过一分钱。几年之后，成绩优异的他，考上了市里的一所高中，因为学校离家里较远，他只能选择住校。

    那天，他带着对父母的思念花9块钱买了一张车票，第一次坐上了返乡的客车。回到家，村里的电工正在收电费，他凑过去瞟了一眼，只见收据上的数字栏里写着一个小小的"5"，他赶紧从口袋里掏出5块钱，边递给对方，边嗔怪父母的节省。一个月就5块钱的电费，爸妈平时肯定连电视都舍不得看啊。就在这时，电工又递回给他几张零钱。他接过来一数，4元5角钱。顿时，他明白了，原来，父母每月的电费只有5毛钱！他半张着嘴，呆呆地站在那里，一句话都说不出来。他在心里暗暗地算了一笔账，自己坐车花掉的9块钱，足足可以支付家里18个月的电费！他一个劲地在心里责骂自己，真是个不懂事的败家子！他暗暗发誓，父母的血汗钱只允许挥霍这一次！

    回到学校后，他更加节省了。然而，屋漏偏逢连夜雨，母亲因为劳累导致腰椎压迫神经，只能整日躺在床上。一边是卧病在床令他惦念的母亲，一边是来回18块钱的车费，他站在中间，孤立无援，左右为难。终于，他想到了一个两全其美的办法——跑步回家！

    学校离家60多里路，他需要跑3个多小时才能到达。每次回家，他都不敢急于进家门，而是躲在村口的大树下，做几十次深呼吸，以免让父母看出是跑回家来的。对于这样的生活，他一直保持乐观的态度，甚至还跟同学们分享了自己的心得：慢跑，但不能停，更不能坐下休息，要坚持一口气跑完全程，另外，要少喝水。他的自强，影响着身边的同学和朋友。大家不再攀比，而是比学习、比节俭、比上进。曾经有段时间，班里一位家庭条件较好的学生干部，动员自己的父母资助他，打算每月给他200块钱的生活费。要强的他对这种资助虽然感激，却总觉得受之有愧，害怕负了太多的人情债，无法偿还。最后，他坚决不再接受这种捐助。在他的坚持下，那位好心的同学只好放弃了资助。

看到贫寒和瘦弱的父母，他也萌生过辍学的念头。然而，打工期间看到的一幕，让他彻底打消了这个念头。那天收工，已经晚上10点了。他托着疲惫的身子回到工棚，发现好几个人的床头上都放着书，而他们不论回去多晚都要看上几眼，甚至还有两个人在坚持自学考试。在一次闲聊中，一位工友告诉他："没有知识，永远无法改变命运，光靠打工，挣的永远是辛苦钱。"从此，他坚定了继续完成学业的决心。他勉励自己，不管有多少困难，都要坚强地走下去，不，跑下去。

对，要想冲破眼前的艰难困苦，自己就一定要"跑"起来！晚自习后，当舍友进入了甜美的梦乡，他在知识的海洋里奔跑；周末，当同学们沉浸在归家的甜蜜中，他在嘈杂的餐馆里奔跑；节假日，当朋友游历于风光秀美的景区，他在满是灰土的工地上奔跑……

他叫闫明强，河南禹州西部山区的一个农家孩子。从家到学校，再从学校到家，两年下来，他一同跑了4000多里。这就是一个农村高中生创造的奇迹。

画龙点睛

读了这个故事，我们有足够的理由相信，闫明强的成功，绝对不会迟到，因为他怀揣着一颗自立、自强、自律的心，在艰难的求学和人生路上执著进取，一路奔跑！试问，这样的奔跑，怎么会迟到呢？

卖玫瑰的小女孩

夏日的一个黄昏，我们几个朋友坐在广场旁一家清雅的酒店里一边喝酒一边闲聊。透过玻璃窗，我们看见街头一个小女孩正提着一篮子玫瑰花，四处向人兜售。

夜幕降临，霓虹闪烁，那个美丽的黄昏忽略了小女孩一篮子好看的玫瑰。

我们只顾喝酒，也就没有再注意那个女孩了。不知过了多长时间，那个小女孩竟站在饭店门口，她清秀的脸上爬满了忧愁与焦虑，操着蹩脚的普通话，有些怯怯地问："老板，可不可以卖一碗蛋炒饭给我？"

正站在我们旁边30多岁的老板转过头，看了看她。小女孩更加羞涩了，站在那里，小手揪着衣角，不敢说话。

"当然可以了，你进来坐吧！"老板语音刚落，小女孩就语无伦次起来："不，不，你把米饭盛在方便袋里就行了。"

我们停止了谈笑。老板一副古道热肠："没关系，你坐吧。"谁知小女孩说什么也不肯。最后老板只好给她打点好。小女孩感激地提着一方便袋蛋炒饭走了。临走时，她高兴地付了两元钱。

其实，那些蛋炒饭肯定不只卖两元钱。一问老板，果然如此。老板猜测说："这蛋炒饭可能不是那个女孩买给自己的，因为许多天来，她一直在这个广场周围卖花，来买蛋炒饭却是头一次。"所以老板想，肯定还有一个人，或者她的亲戚，或者她认识的一个更加苦难的朋友，需要小女孩的照顾。最后老板说："我给了她两份饭。"

以前也常见到有些衣衫褴褛的小孩到饭店买饭时饭店不予理睬的事情。这位面容安详、气质儒雅的老板让我不由得敬重与感动。

不一会儿，那老板突然一拍脑门，说："不好，我忘记给她筷子了。"我正好对那个小女孩很感兴趣，就说："我去送给她。"

在广场的一角，我看见了她，那个卖花的小女孩，她身边还有一个灰头土脸的妇女，正神色黯然地看着我。小女孩一只抓米饭的手停在了妇人的嘴旁。

见她们拘谨，我连忙说："我是来给你们送筷子的。"

小女孩说了声谢谢。我本来想与她攀谈几句，可是她们对自己的遭遇却闭口不提。我只知道她们是一对母女。

临走时，女孩递给我一朵玫瑰，说让我送给饭店老板。

不知为什么，手里握着玫瑰，心里似一片波澜不止的湖。饭店老板对小女孩的热情在小女孩看来不仅仅是一念小小的善心，更多的则是一种尊重。把玫瑰放在我的手上时，小女孩浅浅地笑了，露出两颗雪白的小虎牙。我感觉得到，她的晶莹如同莲花上的露珠，在微风中摇曳传递着她小小内心深处由衷的感激：那一朵玫瑰，就是一个天堂啊！

感激那个黄昏，让我们知道了玫瑰是不应该被忽视的；也感谢那个黄昏里如玫瑰一样的悄悄绽放的女孩，让我懂得了有一种芬芳用一朵玫瑰就可以穿越红尘中无情的空间与有情的心灵，直接抵达人间天堂。

受人滴水，报以涌泉；送人玫瑰，手留余香。只要人间处处充满关爱与尊重，那么我们的世界就会时时溢满温暖。

画龙点睛

一碗炒饭的赠予对于饭店老板可以说是无足轻重的，却有可能改变贫困母女的命运。更为难得的是这种人格上的尊重或许对女孩的成长受益匪浅，让女孩感受到了世间的关爱，继续燃起对生活的希望。在我们的成长过程中，难免会遇到一些身处落魄境地的人，我们应该多给他们一些关爱，让人间处处充满温情。

鲜花不因人赞美才芬芳

无人喝彩的人生，就像没有花香的小路。

人生的赛场常常是这样开始的：两旁是朋友助威的呐喊，身后有亲人关注的目光。我们大多数人的生命都是在这些亲朋好友的赞美与喝彩中成长的，那是我们成长过程中快乐的源泉。

但是，既然我们要前行，就总有一天会远离朋友呐喊的范围，走出亲人关注的视野。当生命孑然独行于荒野时，可经受得住那份孤独和痛苦的煎熬？甚至，在你蹒跚的身影之后还有无数的诽谤和嘲讽，你是否还能坚守？沙滩能让汹涌澎湃而来的海浪心平气和地退去，并且留下珍珠和贝壳，是因其胸襟的坦然与博大。

那些只习惯于繁花锦簇的春天的生命，如何度过群芳凋零的冬天？那些被众星捧月般拥戴和欢呼的人们，不经受孤独和冷落，如何积蓄一种于困境中自信从容的人生大气？

孤独和痛苦检验着生命的弹性，让人更真切地感受到生命的硬度和精神的韧性。我们生命的最大值，正是在这种承受和忍耐中求得的，而不是以他人的喝彩为砝码来度量的。

喝彩，本是人们对那些闪烁真善美光辉的人和事的真诚赞颂，是人们内心对人性的亮点情不自禁的共鸣的反应。由衷的喝彩，对于自卑和脆弱的人，确实是一根能支撑其前行的手杖，但在这个浮躁的时代，许多喝彩成了随意的问候或礼节性的安慰，甚至不乏谄媚的精神贿赂。正如太多的泡沫只令人窒息而不能将其抬升一样，廉价的掌声和无端的喝彩总是让陶醉其中的人们放慢了前行的脚步。

其实，对于我们这些很平凡的生命，能否赢得别人的喝彩并不重要，只要在自己生存与生活的环境中，大部分人能容纳你、接受你，小部分人能善待你、喜欢你，有那么几个人能牵挂你、真爱你，便是幸福的人生了。

而那些一心埋头走路的人，总会忽略沿途许多美丽的风景，却能明晓自己的每一步迈于何处。跋涉之途是否花香满径，他们也不在乎了。对于这些真正值得喝彩的人，喝彩，反倒成了煞风景的惊扰。

黎明不因鸡鸣才到来，鲜花不因人赞美才芬芳。

无人喝彩，我们依然可以昂扬向前；没有掌声，我们一样可以虔诚地歌唱。

画龙点睛

当你自誉为无限的天空，喝彩就如只只飞鸟，你因为它们展翅而更加快乐；当你自诩为无际的海洋，喝彩就如条条游鱼，你因为它们悠然而更加幸福。喝彩在我们的生活中无处不在，它点缀着我们的生命，丰富着我们的世界。当泪水和失意打湿我们的脸庞，即使无人喝彩，因为我们坚强，也要为自己歌唱。要知道喝彩再美也是点缀，人生路漫漫又长长，无人喝彩，我们也要走的漂亮。

世界需要美

　　女孩子们是否渴望倾诉？是不是都有着蓝色的忧郁与柔情？花开的季节有多少美丽的春梦，还是说我们梦一样的青春有多少美丽？我听着英文歌，怀着一种优柔的执著，记录下前人的生命华实。

　　你寂寞。泰戈尔说："我们把世界看错了，反说它欺骗我们。"

　　你自卑。"你之所以感到巨人高不可攀，那只是因为你跪着。"

　　你痛苦。牧师悄悄地告诉你："人比神伟大，因为神不懂得痛苦。"

　　你违心。"知道吗？世界上有许多事情必须做，但你不一定喜欢做，这就是责任的全部意义。"

　　你懊悔。聂鲁达《太阳颂歌》中说："过去我不了解太阳，因为那时我过的是冬天。"

　　你焦急。大仲马讲："人生就是不断地等待与希望。"

　　你受伤。罗曼·罗兰用他巨如橡、细如针的笔在你心上写着："是爱，使他们恨得那么深。"你明白了：爱是一个债，恨是一个债，我们无债却都有爱。

　　你哭泣。"小女孩，只要有眼泪，就还有希望，不是吗？"

　　你无奈。连骨头最硬、最正确、最勇敢、最坚决、最忠实、最热忱的空前的民族英雄鲁迅都说道："人最苦的是梦醒了无路可走。"

　　你彷徨。因为契诃夫曾言："越是高尚，就越不幸福。"

　　而你可知："再微弱的光，也是刺向黑暗的剑。"

　　最后让"世界之所以有了我们，是因为它需要更美"作结束吧。

画龙点睛

　　人生中记录着前人的生命华实、璀璨的生命，遗留的是前人的足迹。人生道路上的寂寞、自卑、痛苦、违心、懊悔、焦急、受伤、哭泣、彷徨、无奈，如同潮落一般自然。我们应该继续追寻先人的足迹，体会人生的意义，发现生命的美好，这就是人生的真谛，也是生存的价值。让我们感激生命给予的恩惠，欣然的接受它，保留它。

小女孩的心愿

因为工作忙我加班加到了腊月二十九，只好订了一张年三十晚上返杭州的火车票。

年三十傍晚，广州火车站的广场突然静了下来。满地的纸屑、塑料瓶、水果皮、白色的泡沫饭盒……几个清扫工没精打采地挥舞着扫把。

车厢里没人，我选了一个靠窗的位置坐下。看着书，不久就开车了。

不知到了哪个小站，上来一个农民模样的人，牵着一个小女孩，手拿车票仔细对看座号，辨认清楚了，他们才坐下。整个车厢其实没几个人，你想坐哪儿都行。一看就知道，他们是不常坐车的。

那个男人四五十岁的样子，很像个农民，灰黄的脸，很深的皱纹，只是他的手不是又粗又大，他有一双纤细的手。那个女孩的脸也是灰黄的，土头土脸的样子，谈不上好看，只是那双黑眼睛就像灰烬里的火星，一闪一闪的。

他们坐在我对面。男人坐下去时，半哈着腰，发出一声短促的笑声，好像说："打搅了！"

这一路肯定无聊透了，你别想着找一个"志同道合"的同伴在火车上玩牌了，我继续看我的报纸。

晚上，餐车送了一次面条，黏糊糊的，看着都没胃口。

我拿出上车前买的江南酱鸭，还有一包面包，要了一瓶啤酒，准备凑合着吃一顿年夜饭。

我请对面的一起吃，男人忙摆着手说："不吃，不吃。"

我看见那个女孩看着面包，咽了一下口水。

我递过去一块面包，又撕了一只鸭翅，笑着说："吃吧，都过年了，客气啥！"

我又拿出花生米、凤爪几样下酒菜，索性大家喝个痛快。

我边吃边问："你们回家过年？"

"嗯……不，小孩子没坐过火车，带她坐火车。"

"哦。"我嘴里应着，心里想中国还有这么浪漫的农民。

没怎么说话，饭很快吃完了，酒也喝光了。男人收拾桌上的碎骨。小女孩突然问我："叔叔，你看见过雪吗？"

"见过，白的，有的人说像糖，有的人说像盐。"

"您给我说说吧，说说吧。"

说着话，我想去洗手间。

路过洗手池旁的过道，我看见那个男人抱着头，蹲在地上。

哭泣。我听到压抑的哭泣声。

在男人断断续续的哭泣中，我听到那女孩的故事。她的母亲在她4岁时去世了，9岁时她得了白血病，到今天已经拖了4年，医生说今年可能是她的最后一个春节了。爸爸问她想要啥，她说只想看看雪。生长在广东偏僻的山区，她从来没有见到过雪。她生病前读的最后一篇课文是《济南的冬天》，在她脑海中不断地想象着真正的冬天的模样。她想翻过家乡的这座大山，看看北方下雪是什么模样。

这个一贫如洗的父亲在大年三十晚上和她一起坐火车准备看雪。坐着这趟车去，坐着当晚回程的车回，再没有多余的钱去住旅店、在车上吃饭了。临走前，他收听了天气预报，说杭州今夜有一场大雪。

我无法想象在这样一张灰黄的脸庞下有这样一颗细腻的心。

我走到座位旁，给小女孩耐心地讲起下雪时的种种趣事。

到站了，杭州很冷，风很大，却没有雪。

我拿了300块钱给他，他死活不要。我留了一堆食品给他们。

他们送我上了从杭州回新安江的中巴，在车旁拼命摇着手。

在回乡的时候，最怕碰上风雪天，而我希望今天赶快下雪，下得越大越好。

一天无雪。

一夜无雪。

初三晚上，一家人坐在火炉旁吃火锅。

我突然说了声："下雪了。"

家人愣了一下："你怎么知道，是下雪了吗？"

我没作声，径直走向窗边，拉开窗帘——雪像细小的雨丝一样轻轻地落下，细细的、轻微的，像很薄的玻璃破碎时发出的极小的声音……

渐渐地，变成大片大片的雪花，顷刻间给大地掩了一层被子，被子下熟睡着一个个善良而又苦难的灵魂，那些雪花轻手轻脚的样子，就像怕惊醒这人世间的一切……

画龙点睛

平凡的人，只有善良而简单的愿望。茫茫人海，沉沉大地，可猜想的到，那里会有诉说的苦难的灵魂。关爱天底下每一个生命，不分贵贱，不论穷富，是人类永恒的话题。正是有了这种关爱，这个星球才青春永驻。

盛开的康乃馨

实在的说，这样的天气她坐在这儿很委屈。可委屈有什么用啊，生活就是这样艰辛，只有这样坐着，每天看着一个个人从车站走出来，站在她面前拨打电话，然后付费，她才能有收入。

她只有17岁，这个年龄应该上高中，可是不行，她得守住这个讨厌的电话亭，自从她爸爸出了车祸，她守在这儿已经三年多了。她想，她还得继续守下去，守到什么时候？鬼知道。

现在是除夕夜，远处早已有爆竹在响了，透过铁皮房的窗口往外望去，能看到天空中不时升起的礼花。铁皮房冷极了，她冻得瑟瑟发抖，两手不停地搓着，哈着气温暖有点僵硬的双手，但这几乎没什么作用，她只好跺着脚，活动活动。

她的世界就是这两个平米，一天到晚看着人来人往，每张面孔她都陌生，偶尔会有一个人在她面前停留一下，拿起放在窗口的电话拨打，然后问多少钱，她就看看计价器上显示的时间，说出准确的价格。对面的人匆匆付账，没有人多看她一眼。

母亲下岗了，弟弟要上学。母亲就把她爸爸生前经营的电话亭交给了她，自己到菜市场上去卖菜度日。在这儿，没有人肯向她说一句多余的话。她还兼营着一些畅销杂志，没事的时候总爱低着头翻看，她从来都是轻轻地仔细翻动着，生怕把杂志翻旧了卖不出去。杂志看起来很新，可哪一个角落都有她的目光。但这会儿和往常可不一样，杂志被随手地翻过，她异常孤单，听着远处不时响起的爆竹声，她多想锁了铁皮房回家啊。可她不能，后面每隔半小时就有一趟或东或西的火车经过，说不定会有一些下车的人要来打电话，她得这样待着，待到最后一趟车驶过。

一对恋人从她面前走过，那女的一袭长发，紧紧地依偎在男的胸前，留下长长的影子慢慢地晃动着。她起先看的是那对恋人，等他们从她的窗口走过，她便盯着那影子看，直到影子完全从她的视线里消失。她又转回目光，搓着手，看远处不时升腾的礼花。

电话响了，是妈妈打来的。电话里传来电视的声音："朋友们，再过五分钟新年的钟声就要敲响了，让我们期待这一美好的时刻吧！"那是春节联欢晚会。电话里，妈妈说的什么她一点也没听到，满耳朵是倪萍的主持词。妈妈放下电话，主持词也骤然断了，四周又安静了，她无奈地搓了搓手，哈了一口热气。

"你好，打一个电话好吗？"突然，一张微笑的脸出现在窗口。她一愣神，立刻笑着点了点头。面前是一位穿着大衣的年轻人，举止优雅地拿起了电话。她想，今天是除夕夜，好多人从外地匆匆向家里赶。她故意把脸侧向一边，不去听他的声音。

电话很快打完了，年轻人放了电话，依然微笑着看她："冷吗？"

"不冷。"她也笑笑，望着那张笑脸。

"我不信，肯定冷。"他调皮地说着，然后掏出钱包，拿出一张百元纸币递给了她。

"对，对不起，找不开。"她的确没有那么多的零钱找他，她有点抱歉。

年轻人头一抬，指着她身后的杂志说："那我买你一本杂志吧，这样总能找开了。"

"那也找不开，一本杂志才三块钱。"

年轻人有点为难了，踌躇了一会儿，毫无办法。

她说："你走吧，没关系的，不收钱了。"

年轻人不好意思，说："那怎么行啊？"

"咋不行，你快回家吧，家里人等着你呢。"

年轻人沉默了一会儿，只好向她点了点头，离开了。

她重新把计价器归了零，正要抬头眺望远处的礼花时，忽然看见刚才年轻人递过来的那张百元钞票躺在电话旁边。她一愣，立刻拿起钱，门一关追了出去。幸好，年轻人还没有走远，她一喊，他停了下来。

"钱忘记了！"她走上前递给了他。

"你为什么要这样做？"年轻人接过钱，反复在手中交替着。

"不为什么，这是你的钱呀。"她淡淡地笑了笑，转身离开了。

年轻人在原地站了一会儿，消失在车站广场……

早晨，阳光洒满了车站广场，她在爆竹声中醒来，这才意识到是新年了。她打开那扇冰冷的铁皮房门，向外张望，忽然愣在了那儿：门前站着一位邮差，正要举手敲她的铁皮门。那邮差手里捧着一束正在怒放的康乃馨，递给她，然后拿出一张签单让她签字。她莫名地签了字，邮差转身就走。她喊住了邮差："谁送的？"邮差指着花儿说："他没留名字。"她便去看那束花儿，发现花丛中有一张小小的卡片：但愿新年花盛开。落款是"昨夜归人"。她的头"嗡"的一声，眼泪突然顺脸而下。三年多了，这是她第一次收到礼物。

这是她真正的新年，终于有人知道了她的存在。

这时，一位老者走过来，拿起电话。打完了，问道："姑娘，多少钱？"

"今天是新年，免费。"她高兴地回答，说完，看了一眼面前的老人，咯咯咯地笑了起来。

画龙点睛

寒冷的除夕，花季的少女却要独自为了生活的艰辛而孤独地守在"岗位"上，一束艳丽的康乃馨在新年的早上温暖着少女的心。真挚的感动往往藏于简单的故事，"年轻人"的微笑和问候，感动了女孩，也感染了女孩，于是这份温暖便在女孩的生活中互相传递，只要我们心存温暖，世界就充满灿烂的笑容。

第四辑
现实如同流星

快乐的前行

　　路路通心，步步领意，就能高明的认识自己。在自己的路上，用分析去对朋友支持，用判断给予朋友鼓励。走在很多的路上，不是每件事都是顺着别人的意思才能做的更好，只有去正确的应对，就算是错了，是为了朋友的好，自己的错又算什么呢！因为相遇，因为相约，必须选择正确的方向。

　　路上的人，路上的景，路上的心情，都是慢慢的累积，一点一点的付出。要走出自己的辉煌，必须拿出自己的能力，用自己的办法崛起心中的话语，累积事迹的分析，了解话语的判断，增加自己的知识，蔓延心中的成长。不顾及外方的看待，只看自己的路途；不想太多，因为多了会烦；不要乱，因为乱了会迷失方向。

　　路是自己选择的，别人可以不帮助自己，但是自己却不能丢弃时间，去顾及太多的心情。因为多问，会让别人反感；多说，会让别人讨厌。走在时间的边缘，最能帮助自己的还是自己，别人的话语和事迹只能对自己是一个参考，不能太相信话语，更不能绝对的相信事迹，因为很多的迷茫会在此产生。

　　路上有你，事中有我，我可以去想路，但是路从来不会留意我的出发。我为我的路奔波，我为我的时间负责，因为是我，因为我的行动有我的出发点。我可以不去理会别人的看法，但是我会去分析别人的应对，更要判断事情的原委。因为知识是累计，不是丢失话语和事迹，如果丢失事件中的话，就是忘记自己。

路上非常的迷茫，但是不去闯，就会持续的等待迷茫的问候，到时候别人的看法不能走进自己的内心，自己的办法更不能走出迷茫的心情，而心情的累积却造就了反感的路。此路开，步步难，等的让自己无知，看的让自己不知何去何从。走在岁月的路上，自己的能力减少，自己的岁月让自己缩短。

路上有错，错在心中，话在累中，不要因为疲劳而放弃，不要因为没有希望而丢失。因为话语的组合不在于一天的出发，事迹的应对不在于一时的安排，所有的路都是一个导航线，所有的话语都是为事迹安排的。自己的话，自己的心情，别人看到，未必都会讲出。因为，若是一味的打断别人的话语，自己的应对是否合理，别人该说的也不会说。

路上的难，心中的烦，因为别人的阻力而导致自己的出发，其实不是别人来捣乱自己的心情，而是自己的准备不足，不能用善意去分析。因为每句话语的重点就是在于刺耳的那句是对自己最重要的，只有去理解对自己不利的话语，才能最好的叠加自己的判断和分析，让自己不再糊涂，做一个明白的聆听者。

路上的话，虽然简单而朴素，但是若慢慢的累积分析，就会改变自己很多，因为话语多了就能有智慧，事迹多了就会出现希望。智慧不是一下子就出现的，而是在很多人的帮助下提炼了自己，蔓延了心情，才明白了智慧。希望不是别人给予的，而是自己走出来的，在路上的自己，一直的付出，一直的努力，失败的多了，自然看到的迷茫才少了。

路上的事，很多的事情无法组合，很多的话语不能理解，是自己的分析一直没有叠加，是自己的判断无法理解。走在时间的纵横线，自己走了很多的路，不去理解，不去分析，直接忘记，那么丢失了时间，丢失了分析和判断，慢慢的遇见人和事的时候，自己就无法应对，更不能正确的选择方向。

路上的别人，因为相遇，才让自己开始练就；因为相识，才提高了自己的认识，获得了别人的出发，看到了自己的起航。蔓延在内心的过去也因此而追忆。走在相约的路上，用昨天的提示来警惕今天的出发，用昨天的应对来改变今天的调整，正确的去分析眼前的画面，必须用心的理解，走出付出的感觉，才能收获希望的起点。

画龙点睛

人的路，总是要自己走的。不要被别人所干扰，也不要被一路的花花绿绿所阻碍，其实，选择了一条路，义无反顾地走下去，无论走到哪，都是人生的终点站。所以，我们走路，要轻装上阵，走路要快乐前行。因为越烦闷、越困恼，人生的路就越难走。

无花果

　　无花果在广漠的新疆地区极为常见，被尊称为"树上结的糖包子"。在江南，无花果却不那么常见。

　　我工作的地方，是一个破产倒闭的矿区，因为积年累月地采矿，地下结构被破坏，地表水含矿物质过高，还水土流失严重。在这片恶劣的土地上，极少见到高大的乔木。

　　在去年的春天，我偶然发现了一株无花果，它就长在一户居民的屋后。无花果大概 7、8 米高，树冠硕大，郁郁葱葱的样子。

　　无花果为什么可以生长在如此贫瘠的土地上呢？我很疑惑。

　　为了一探究竟，我和屋里的男人攀谈了很久。男人一副老态龙钟的样子，和他谈话，有些答非所问。我问树的来由，他答："每年都开花啊，是你没有看到吧。"

　　"每年都开花啊，是你没有看到吧。"我反反复复咀嚼着这句话。为什么我们都认定无花果就一定不会开花呢？如果我们因为花朵的渺小而忽略了花的存在，那我们将会错过多少美丽的风景呢？

　　生活中，很多人就是那样，在漫漫人生路上定下了无数的理想，却从不去追逐它们，或许追逐过，还和它们离得很近，但最终却放弃了。很可惜，你所有的理想都没有结果。

　　当我们在分享果实的甜蜜时，极少有人会对果实的由来刨根问底。当我们看到别人的成功时，极少有人看到成功的背后，更少有人复制他们的千辛万苦。或许你一时间冲动，走进了成功的背后，但这些却都在你看肥皂剧、上网溜达、逛街、旅行、儿女情长中消失殆尽。

每一个人都拥有生命，但并非所有的人都懂得生命的意义，并非所有的生命都会开花结果。虚度年华的人，既没有开花也没有结果；半途而废的人，开花了但没有结果；滥用生命的人，开起了恶毒的花还结了恶毒的果，是生命的浪费，不是真正意义的开花结果。

生命就是一个过程，只要一步一个脚印，功到自然成。每一个脚印踩下之前都会遇到太多的难题，在难题面前，我们有太多的犹豫，太多的徘徊甚至折回。其实，只要你锲而不舍，总会有踩下那么一个脚印的时候，即使脚印有些凌乱。

你的脚印有多远，你就会结多大多甜的果实。

结果不是因为花的美，太美的花往往不会结果。

当我再次看到那株无花果树，它的绿叶间已经结有了铜钱大小的果实。青涩的果子，努力生长着。我想，我们应该向这些青涩的果实学习。当生命的理想遇到阻碍时，我们只有一条出路——那就是努力地开花结果，就像眼前的这株无花果，不是在贫瘠的土地上消极懈怠，而是扎根深处。不因花的渺小而放弃果实的甜蜜，一旦果实成熟，人们照样会感受到它的伟大。

活着就应该好好地活着，不要因为春日里开不好花，就拒绝夏日里成长，放弃秋日里收获。

🍵 画龙点睛

　　无花果得名于未曾开花便结果。其实，本不是未曾开花，而是我们没看到。人生中我们所未曾见过的事情很多，但并不一定不存在，所以人生是一个自我认知的过程。美丽的花朵，固然是人之所求，但丰硕的果实，却更加令人向往。我们追求过多的美丽花朵，却往往忽视了最后的果实。其实我们并不注意到，往往鲜艳的花朵，却带不来丰硕的果实。所以，我们人生该如何抉择呢？鲜艳的花朵，抑或丰硕的果实，谨慎为之。

看不见不代表不存在

读佛经。

一个人问佛祖："您所说的极乐世界，我看不见，又怎么能够相信呢？"

佛祖把那个人带进一间漆黑的屋子，告诉他："墙角有一把锤子。"

那个人不管是瞪大眼睛，还是眯成小眼，仍然伸手不见五指，只好说我看不见。

佛祖点燃了一支蜡烛，墙角果然有一把锤子。

你看不见的，就不存在吗？

人世间，不是所有的东西都是用眼睛能看见的，有时眼睛所见的不过是别人制造的幻境。人生要经历太多的局，太多的我们看不见的陷阱，任你怎么睁大眼睛，就是看不清楚，看不明白。有时侯，睁眼不如闭眼。当我们闭上眼睛，关照内心，蓦然发现：读懂自己，就是读懂了别人；看清内心，就是看清了世界。别人所有的，我们都有；别人所追求的，我们都在追求；别人会失去的，我们都会失去。善良、邪恶、自私、高尚、爱恨情仇、各种欲望，哪一样不在我们身上存在。只是在不同时期，不同地点，不同时机表现出不同侧面而已。

信佛，是相信有佛，相信它，佛就会在心里存在。在心里种上善、真和美的种子，它就会蓬勃生长。不相信有真诚，自己还会真诚吗？不相信有善良，自己还会善良吗？不相信有爱情，自己还会去爱别人吗？

只有在心里燃起一盏心灯，我们的心灵才会亮，我们用心观照的这

103

个世界才会阳光灿烂，一片光明。

有些东西，不是我们看不见，就说它是不存在的。当你把心点燃，在心空悬起一轮明月，那世界上的美好，便会一一呈现在你面前，你看到的，就是极乐世界。当你把心灯熄灭，这个世界就是一片黑暗，伸手不见五指，呈现在你面前的就是充满罪恶、恐惧、弱肉强食的人间地狱。

极乐世界是否存在？当你心中有一轮明月，它就会在光明下呈现。悟性如光，那光就是心中的明月。

🍵 画龙点睛

世界本不缺少美，却缺少发现美的眼睛。我们总抱怨这个世界太黑暗，那是因为我们没有点亮心灵的蜡烛，心如光，世界就明亮。人生如同走夜路，心灯点燃，便一切明了；心灯关闭，便一切混沌无比。美与不美，只在一念之间。

卖樱桃的夫妻

靠近小镇的地方，有一个樱桃园。每年四五月份，樱桃熟了，像一树一树的红珍珠，这时，樱桃园的主人便会让自己十几岁的孩子照料樱桃园，他和妻子则各自挑一担樱桃到镇子的街上去叫卖。

樱桃园主人的妻子是个十分节俭的人。每天早上摘樱桃时，她都同时将两个筐子放在树下，那些太熟、稍触就烂的樱桃放在一个筐子，另一些熟得恰好的樱桃放在一个筐子。在镇子里叫卖的时候，她总是用一团樱桃叶将最好的那筐樱桃遮住放在身后，先卖那筐太熟、稍触即烂、颜色已有些微微变灰的樱桃，这筐樱桃只要不卖完，她就绝不开始卖那筐熟得恰好的樱桃。买樱桃的人们看了她的樱桃，总是皱着眉头说："这樱桃熟得太过了，又有些烂，怎么吃得成？价格要是便宜，我们就买些，如果不便宜，我们就不买了。"卖樱桃的女人没办法，只好把价格便宜一点点。但等上午把这筐樱桃卖完，下午她终于拿掉樱桃叶开始卖那筐上好的樱桃时，那筐上好的樱桃因为放了一上午也有些腐坏了，于是也只好低价赶快卖掉了。

差不多重的两担樱桃，妻子每天卖樱桃的收入总比丈夫的少，连续很多天，两人都想不清楚到底是为什么。直到有一天，当丈夫挑着担子和自己卖樱桃的妻子在街上相遇时，看见妻子正在卖那筐熟得有些腐烂的樱桃，而那筐上好的樱桃还被叶子遮着藏在她的身后时，丈夫才忽然明白了，丈夫放下自己的担子，从妻子的身后将那筐好的樱桃也搬到前边来，让妻子将两筐樱桃同时卖，出价高的，就卖给他上好的樱桃，价低一些的，就卖给他那些已经太熟的樱桃。丈夫埋怨她说："你怎么这么傻呢？先卖熟得已经发烂的，等你把这些卖完，那筐熟得恰好的因为放了一上午，也已经腐烂了，烂樱桃卖了个烂价钱，好樱桃也放烂卖了个烂价钱，怎么划得来呢？"

再美味可口的中午饭菜，由于不舍得及时品尝，留到傍晚也已经是剩饭菜了；再华美的衣服由于不舍得及时穿上，放到明年也已经是旧衣裳了。

美好要及时品味，幸福要及时享受，活在当下，这才是我们人生最好的生活态度。

画龙点睛

在生活中有的时候我们不要循规蹈矩，要开放我们的头脑，不管是在生活中，还是工作中，我们都要灵活。只有这样我们的生活才会多彩，只有这样生意才会获得利润。

用心是最美丽的

我相信用心是最美丽的。

我从小就有着对文字的热爱和痴迷。因为意外的受伤失去了考取大学的机会，辗转着做了很多工作，起起落落中仍然没有忘记自己内心的渴望。三年前，我开始拾起落满灰尘的笔和对文学的梦想，将自己所有的空闲都倾注到了方格纸间。两年多的倾心与倾情终于换来了100余万字的作品散见各报刊，真正理解了"有梦真好"。

一次和几个圈内的朋友小聚，酒酣之中，朋友们纷纷劝说我，到哪家杂志社或报社做个编辑或者记者，总比介绍自己是自由撰稿人要多些神采。听朋友说得双眼放光，我不禁有些心动。世间的事情总是有说不清楚的时候，酒聚后不久，相继有两家杂志社的老总邀请我去做记者，权衡了一番，便去了一家生活类期刊。因为老总的器重和厚爱，工作任务只要求每个月交上三篇人物稿件就可以了，不用坐班，不用熬每天的8个小时，而薪水却很是可观。轻闲的工作让最初的我很是惬意，可没有几个月，我发现自己写稿子的时间越来越少了，仔细想想，原来时间都是被应酬杂志社方面的各种人际交往的酒宴剥夺了去。内心中的空落和疲惫感越积越重，每天心头都好像塞堵着什么。

每当我给电脑旁的水仙换水的时候，便似看到了自己。虽然拿着优厚的薪水，有着人们客气的握手，但内心却好像丢失了自己，总感觉自己的根无法触及到原来那块能够让我塌实的文字土地了。半年后，我谢绝了老总的挽留，重新让自己回到专注的创作中，渐渐地，空落消散了，充实又回来了。这才蓦然悟懂了那句诗的深刻与绝美："海，蓝给它自己看。"

充实生命的，是追逐目标的过程，只有剔除了各种诱惑和迷乱，才可能有一颗淡泊、明净的心去书写自己想着的人生。重要的不是活给别人的目光，而是要活给自己的梦想。

画龙点睛

很多人失败、痛苦是因为他们在为别人活，成功者总能活出真我的风采来。既然成败的后果只能由我们来担待，过程也要全然由我们来掌控，而不要活在别人的眼睛里、嘴巴中。

成功胜利由我们自己创造，失败挫折由我们自己承担，只有自己是我们生命的主宰。

你的天堂一直在

大概就在十年以前，我突然发现自己的生活陷入了困境。周围的一切都变得苍白无味，案头累积如山的法律卷宗让人心烦意乱，每天的忙碌奔波简直要把我逼疯了，尤其令人备感失落的是，在落寞孤寂的时候，竟找不到一个人可以诉说。荣誉不是倚仗名位得来的，一个人尽管职位很低，无钱无势，但他的名誉却可驾于千万人之上。当时，我在法律界已获得相当的成功，但声望和财富并不能填补我日益增长的空虚之感。对于这种状况，我想尽办法寻求解脱。例如，遥远漫长的亚非之行，但不论是佛香缭绕的印度，还是神秘莫测的埃及，都没能让我平静下来。我不断地问自己，生活中到底缺少了什么？

直到有一天，看到梭罗的《瓦尔登湖》，这本书为我指出了人生全新的方向。梭罗为了寻求生命的意义，带着一把斧子走进森林，在那里生活了将近两年的时间。返璞归真，这种生活方式让他得以远离现代物质文明的侵扰，深深思考生命的本质，智慧的光芒像清晨的阳光一样照耀着他，他思索着，为世人留下了不朽的名著。他说："我来到森林，因为我想悠闲地生活，只面对现实生活的本质，并发掘生活意义之所在。我不想当死亡降临的时候，才发现我从未享受过生活的乐趣。我要充分享受人生，吸吮生活的全部营养。"我永远忘不了第一次看到这段话时，受到的深深地震撼。我意识到我将应该用自己的生命去实践一种新的生活方式。

在现代西方社会，经济、科技都很发达，不像许多第三世界国家饱受战争、饥荒、自然灾害的困扰，也许有许多第三世界的人把西方国家作为梦想中的天堂，但事实是财富并不意味着幸福。在衣食无忧的条件下，许多人都陷入精神困扰，他们面临的是激烈竞争所带来的安全感的失落，忙于工作所带来的生活内容的匮乏。

我有一个同事，想当年在法律界已小有名气，刚毕业不久就出色处理了几桩大案，才华显露。他对待工作兢兢业业，并尽可能地多接案件，为长久立足打基础。平常看起来他总是精神焕发，精力无穷，然而在一次共进晚餐的时候，他却显得非常憔悴，像换了一个人，他非常悲哀地对我说："工作，工作，我一直觉得成功胜于一切，那为什么我现在觉得这么厌倦。"还有一个例子是我的叔叔查尔斯，他曾是一个成功的商人，在饮食界声名显赫，叱咤一时，可他的晚年却非常孤寂，丧失了对外界的热情。强烈的压倒他人的好胜心得到满足后，他好像再也找不到生活的乐趣了。并不是时光的流逝，而是褊狭的生活方式让他应有的生机消失无踪。

我认为文明只是外在的依托，成功、财富只是外在的荣光，真正的幸福来自于发现真实独特的自我，保持心灵的宁静。我有一个朋友，多年来一直从事自由职业，生活不算富足，但非常悠闲。他信仰瑜伽，十几年来一直不断修炼。质朴无求的生活让他养成了知足常乐的性格，每次见面，他总是显得神采奕奕，安详平和。因为他的影响，我也开始了瑜伽的练习，从这种修习中领悟不少获取心灵宁静的方法。同时我进一步研究了东方文化，发现在东方，清静无为、讲求"天人合一"的思想一直对人们产生着很大的影响。寻求与自然的和谐一致，不为物质牺牲精神的自由安详，这与西方所倡导的生活方式大相径庭，却在逐渐改变西方人的观念。

在我创办《简单生活月刊》的过程中，不断有人问我，"简单生活"是否意味着苦行僧般的清苦生活——辞去待遇优厚的工作，靠微薄的存款过活，并清心寡欲。我认为，这是对"简单生活"的误解。"简单"意味着"悠闲"，仅此而已。丰厚的存款，如果你喜欢，那就不要失去，重要的是要做到收支平衡，不要让金钱给你带来焦虑。无论是中产阶级，还是收入微薄的退休工人，都可以生活得尽量悠闲、舒适，在过"简单生活"这一点上人人平等。

这是 20 世纪 90 年代，不是人人都必须像梭罗一样带上一把斧子走进森林，或是只有通过修炼瑜伽，才能获得平静安怡感觉的年代。关键是我们对待生活的方式，是我们是否愿意抵制媒体、商业向我们大力促销的"财富中心论"；是我们如何在日常生活中挖掘、发展生命的热情、真实和意义。就像萧伯纳所说的"生活对我来说不是一支蜡烛，它是一支光芒四射的火炬。我正举着它，我要尽可能使它燃得更亮"。我们将努力去获得生活美好的感觉。

简单，是平息外部无休无止的喧嚣，回归内在自我的惟一途径。当我们为拥有一幢豪华别墅，一辆漂亮小汽车而加班加点地拼命工作，每天晚上在电视机前疲惫地倒下；或者是为了一次小小的提升，而默默忍受上司苛刻的指责，并一年到头赔尽笑脸；为了无休无止的约会，精心装扮，强颜欢笑，到头来回家面对的只是一个孤独苍白的自己的时候，我们真该问问自己为什么要这样，它们真的那么重要吗？也许我没有海滨前华丽的别墅，而只是租了一套干净漂亮的公寓，这样我就能节省一大笔钱去做自己喜欢的事，比如做全欧洲旅行或者是买上早就梦想已久的摄影机。

我再也用不着在上司面前畏畏缩缩，我自己就是自己的主人，提升并不是惟一能证明自己的方式。很多人从事半日制工作或者是自由职业，这样他们就有更多的时间由自己支配。而且如果我不是那么忙，能推去那些不必要的应酬，我将可以和家人、朋友交谈，分享一个美妙的晚上。我们总是把拥有物质的多少、外表形象的好坏看得过于重要，用金钱、精力和时间去换一种有目共睹的优越生活、无懈可击的外表，却没有察觉自己的内心在一天天枯萎。事实上，只有真实的自我才能让人真正地容光焕发。

正如梭罗所说"大多数豪华的生活以及许多所谓的舒适生活，不仅不是必不可少的，反而是人类进步的障碍。对于豪华和舒适，有识之士更愿过比穷人还要简单和粗陋的生活。"简朴、单纯的生活有利于清除物质与生命本质之间的樊篱。为了认清它，我们必须从清除嘈杂声和琐事开始，认清我们生活中出现的一切，哪些是我们必须拥有的，哪些是必须丢弃的，哪些是沉重的负担，哪些是滞固，哪些是通往新道路的荆棘。

"外界生活的简朴将带给我们内心世界的丰富。"在那里我们将发现新生活在面前敞开，我们将变得更敏锐，能真正、深入、透彻地体验和理解自己的生活，我们将为每一次日出、草木无声地生长而欣喜不已，我们将感受到自然界生生不息地衍变生长，而我们就是其中的一部分，我们将学会与自然界和谐共处，聆听风雨声，仰望璀璨的星空，与无穷的自然生命力相联结，从中获取灵性；我们将重新向自己喜爱的人们敞开心扉，表现真实的自然，热情地处身于家人、朋友之中，彼此关心，分享喜悦，真诚以对，在危难之时伸出援助之手，创造一种真实、温暖、友爱的生活。

那时我们将发现不能接近他人，会隔阂而不能相互沟通不过是匆忙、疲惫造成的假象。只有当我们轻松下来，开始悠闲地生活才能体验亲密和谐，友爱无间。我们将不是在生活的表面游荡不定，而是深入进去，聆听生活本质的呼唤，让生活变得更有意义。

我在不断回想过去，我很庆幸自己发现生活的新道路还不算晚，也许永远都不算晚，只要你从现在做起。我把自己的体会经验写下来，与大家分享。我认为自己在做一件有意义的事。在我身边，已有不少人在实践这种生活方式，我们经常相互交流，共同探索。简化生活绝对不只有一种方法，每个人都可以有其独特的方式，但不论是以什么样的方式，我们的目的都是一样的，那就是不再在疲惫困顿中昏昏度日，不再一觉醒来而不知身在何方，要勇敢而真实地活着，为实现自己的梦想而努力，充分地享受人生，吮吸生活的全部营养，将生活光芒四射的火炬传给未来的一代。

画龙点睛

每一天睁开眼睛，看着外边的天空，思索着人生的意义。到底属于我们的天堂的哪里？想到这似乎觉得遥不可及。实际上它就在我们每个人的内心深处，只要我们活出真实的自己。少一份虚伪，就会添加更多的乐趣。试着释放自己，听着心灵的呼唤，跟着感觉走，就会寻找到那个属于我们的天堂。

经历，人生一笔不可或缺的财富

"苦难是人生最好的学校，经历是人生最宝贵的财富"。现实生活中，我们每个人都要走过平坦的或是弯曲的路，留下或深或浅的足迹。有的人在风雨中匍匐，有的人在风雨中叹息，有的人却执著地前行。

生活于我们，是一道绚丽的风景，而经历，恰似一把锁，锁着风轻云淡，锁着或悲或喜，锁着无奈和忧郁……

人来到这个世界上，便预示着承受，承受坎坷，承受磨难，承受开心，承受不幸。面对遭遇与折磨，我们总是习惯性地选择抱怨，总感觉上天是如此不公平，而走过沧桑，回过头，你就会发现：每一种承受，又何尝不是一种人生的历练，何尝不是一种生命厚度的累积呢？

现实是残酷的，但是，在执著的人面前，希望之门似乎永远也无法合上。对于人生来说，经历，尤其是那些痛苦的经历，永远是一笔巨大的财富。

大家还记得"维生素之父卡尔·宏邦"的故事吗？他曾有过在监狱服刑一年的经历。在狱中，他目睹了犯人由于营养匮乏而引发的各种疾病，萌发了用绿色植物来做成汤料补充人体营养的想法，并开始着手研究。服刑期满后，他在美国巴巴拉岛建立了一个小小的实验室，经过无数次的尝试，他终于取得了成功，研制出了全球第一项维生素——纽崔莱，使之成为享誉全球的营养补充食品。他在实验笔录中写道：一个人的经历就是一种财富，任何一种经历，都可能成为一个让你创造非凡成就的关键条件。

其实，生活那么复杂，人生的每一步，都可能成为一个错误，但我们却不能因为错误而不迈出下一步。经历的人，走过的路，都会成为你的风景，而磨难将成为你生命中永远丰盈的泉。

大家都读过《哈尔罗杰历险记》吧？它的作者是英国著名作家、博物学家威德勒·普赖斯，他一生游历了 77 个国家，足迹遍布五大洲的名山大川，到过人迹罕至的原始森林，天寒地冻的极地，文明阳光照不到的原始部落，经历了太多的九死一生，但他用自己的坚韧，再一次证明了苦难和经历带给我们的触目惊心的美丽。

还有高尔基、杰克·伦敦，他们的功成名就哪一个不是用泪水和苦难浸泡出来的呢？正是因为他们有了那么多不同寻常的经历，所以他们的作品，才有了那么无可比拟的真实性和感染力。

生命，就像一场永无休止的苦役，不要惧怕和拒绝困苦，超越困苦，就是生活的强者。任何经历都是一种累积，累积的越多，人就越成熟；经历的越多，生命就越有厚度。

因为有了失败的经历，我们才会更好地把握成功的时机；因为有了痛苦的经历，我们才更懂得珍惜；因为有了失去的经历，我们才不会轻易放弃……

痛苦并成熟着，快乐并丰满着，人生原本就是由酸酸甜甜组成。用一颗感恩的心去感谢生活赠与我们的一切，用坚强造就你独一无二的人生，面对逆境，潇洒走一回，一切都无所谓，这何尝不是一种领悟？经历，是人生一笔不可或缺的财富！

画龙点睛

过去的事情是一种人生经历，并不是自己的负担，也不是一种自己认为丢人的糗事，它其实是自己的一笔重大财富。经历过失败的人，才知道怎样去避免再次失败；经历过创伤的人，才知道怎样化悲痛为力量。也许你经历的不是很多，但细细品味，你总会在为数不多的经历中找出一两个受用的经验，哪怕一点点启示，也是价值不菲的。

笑对失败

有一个笑话，甲问乙说："为什么这么愁眉苦脸？"乙说："我的朋友被火车轧死了。"甲说："难怪，你一定痛苦啊。"乙说："我当然痛苦啊，他穿的是我的西装。"这个笑话有它深刻的另一面，就是乙这个人是个很实际的人。他虽然无情，却很实际。碰到意外，他先检查实际的损失，这是极端小市民的境界。一个相对的故事是写孔夫子的：一个地方着了火，孔夫子只问人受伤了没有，不问马受伤了没有——"伤人乎？不问马。"这种境界，是极端大圣人的境界。

还有一种以洒脱的方式处理损失的人，这就是"堕甑不顾"的故事。汉朝有一个叫孟敏的，背了一个陶土烧的大瓶子走，一下子掉在地上，他仍旧朝前走，头也不回。人家问他怎么看都不看一下？他说已经破了，看有什么用？这种人就是洒脱，他不会花一分钟时间去开碎瓶追悼会。

当然，开追悼会也是一种安慰。遭受了损失的人，总要哭几声，唠叨几句啊，这也是一种发泄。不过，一个人的高不高，就在这儿看出来。真正的高人是一声不响的。这种一声不响，叫"打脱牙齿和血吞"。这是一种坚忍的态度，就是牙被人打掉了，却吐都不吐出来，跟满口的血，一齐吞到肚子里，表示遭遇了任何失败和损失都忍住，一声不响。这种态度除了不够轻松外，其他都叫人佩服。这种态度，赶不上孟敏那种"堕甑不顾"的态度洒脱，但也是第一流的。

学会利用失败要分两种层次：第一层次是先从失败里检查残余，看看失败以后还剩下什么，而绝不花一分钟时间去开追悼会、去唉声叹气、去借酒浇愁，如果根本就知道没有残余可剩，就干脆"堕甑不顾"；第二层次是做到不甘失败而哭，这一层次却要做到反为失败而笑，笑是笑着看失败。

一般人以得不到什么而痛苦，我却以得不到什么而开心。因为我会想到得不到什么的好处的那一面，一般人却绝对不会，也不愿这么想，所以他们只因为失去而痛苦，却不会因为未得到而开心。

一般人只会庆祝成功，我固然也庆祝成功，但也庆祝失败。像我这样肯把失败当成功一样来庆祝的人，全世界恐怕绝无仅有。我能从失败中看到它的好处，并且愿意这样看。结果，我从失败中看到成功的一面，从不幸中看到幸福的一面。一般人很少能够看到失败的好处，不会欣赏失败、享受失败，不会在一败涂地的时候躺在地上细闻泥土和草根的清香。很少有人知道，在有比赛的情形下，比赛下来，胜利者往往有两个，就是胜利者和躺在地上吹口哨的失败者。在没有比赛的情形下，一个快乐的失败者本人就是另一个胜利者。人间的许多情景，均可如此观。

画龙点睛

人生不能总是一帆风顺，要接受失败的考验。面对失败没有豁达开朗的心境，没有坚强的信念，那就真的失败了。面对失败，要能感知到成功，从不幸看到幸福。失败是财富，是成功的垫脚石。学会欣赏失败，学会享受失败，做一个快乐的失败者。

放宽你的心

人生偶有失意，在所难免，一向得意容易让人忘形。为失败哀怨，对现实不满也是无用之举，一切当以心宽化解之。

俗话说："不如意事常八九。"如此人生岂不让人伤心透了？否。有句话你是知道的，叫"好事多磨"。我们应该有这个信念：失意是一种磨炼的过程，心即使在冰冻三尺之下也不会凉的。还有瑞雪兆丰年之说，雪愈大，年愈丰。

"比海更宽的是天空，比天空更大的是人的心灵。"生活不论如何磨人，如何将你压缩在一个四方的小盒子里，但思维的空间是不受限制的，心灵的视野没有藩篱，无比宽广，任你驰骋。来去自如，生命的迷人之处就在这里！

站得高，你就看得远。红橙黄绿青蓝紫，七彩人生，各色不同；酸甜苦辣咸，五种味道，各有所好；喜怒哀乐悲恐惊，七种情感，品之不尽。没有一帆风顺的人生，如果一生无挫折，未免太单调、太无趣、太乏味。没有失败的尴尬和忍辱，哪来成功的喜悦？也许你就是忍受不了人情的冷暖和失败的打击，抱头哀叹，古人早已说过"不如意事常八九"，你自己还会遇到，那就当它是横亘于面前的一块石头吧，摆正它，登上去，也许视野会更开阔、心胸会更豁达呢！

人很善良，常常把宽容给了陌路，把温柔给了爱人，却忘了给自己留一点。有一句话很有用，叫"没什么"。对别人总要说许多"没什么"，或出于礼貌，或出于善良，或出于故作潇洒，或出于无可奈何，或是真不在意，或是别有用心。不管出于什么，谁让生活有那么多不尽人意之处？如果你要劝解自己，也要学着这么说。缺少阳光的日子很忧郁，你要学会说"没什么"；失去朋友的生活很寂寞，你要学会说"没什么"；自己已经很累了，需要一种真诚的谅解，说句"没什么"。对你自己，对自己疲惫的心灵，这么说着，并不是让你放纵所有的过错，只是渴求自拔，也不是决意忘怀所有的遗憾，只是拒绝沉溺。自己劝慰自己才管用。

人有同情心，见别人伤心（除了敌人和仇家）自己也不会快乐，总要上前劝一劝。劝告是出于善心，言语也很有哲理，然而听的人未必都能听得进去，听进去了也未必照此行事，因为剧痛使人麻木。有位女作家说："我不劝任何人任何事，解铃还需系铃人。自己心上的疙瘩只有自己亲自动手方可解开，朋友的话、善良人的话都只是催化剂，自己才是起决定作用的因素。"

总之，失意在所难免，权且把心放宽。

🫖 画龙点睛

失意并不可怕，可怕的是自己沉迷于失意的阴影中不能自拔。人生总是在得意与失意之间徘徊。得意时要看淡，失意时要看开。不灰心，莫止步，泰然面对，寻找人生的出口。我们不是刘邦，但我们也需要一颗强大的心。失意之时，把心放宽，心宽了，天地自然就任你驰骋。

挫折是一面镜子

生活在激烈竞争时代的我们，身上背负着昨天的故事，脚下踏着历史的尘埃，一路的风雨带着说不尽的艰难，一路的尘土夹杂着丝丝惆怅。人生在世，谁都希望自己的生活中能够多一些快乐，少一些痛苦；多些顺利，少些挫折。可是命运却似乎总爱捉弄人、折磨人，总是给人更多的失落、痛苦和挫折。打开记忆的大门，每个人都有独自面对挫折的时侯，生命就是这样，到处都充满着考试失手、竞争失利，而这些碎片都落在我们的肩上，成为我们难以排解的痛苦，数之不尽的挫折。挫折其是生活中一种不可欠缺的阅历，更是人生中不容忽视的一道风景。

给挫折一个微笑，它能给你战胜挫折的意志。我们前进的脚步总是让挫折绊住。我们要做生活的主人，不要坐在绊脚石的面前唉声叹气而耗尽了自己，学会微笑着用有限的生命来超越无限的自己。

给挫折一个微笑，它能让你把痛苦瞬间减小。长期沉迷于痛苦的失意中只能让人不能自拔，整日里思索着挫折带来的痛苦，不肯忘却挫折带来的前进的方向。只有微笑，能让你重新振作，能让你摆脱挫折的阴影，走向辉煌的未来。

我想起了英国哲学家培根所说过的话："超越自然的奇迹都是在对逆境的征服中出现的。"人生在世，不可能春风得意，事事顺心。直面挫折，战胜自我，只要我们拥有锲而不舍的恒心，便没有不可征服的高峰。只要我们拥有一往无前的勇气，就没有不可逾越的障碍。屠龙宝刀只有经过烈火的铸造才会锋利无比，绚丽的彩虹只在风雨过后才会出现。其实每个人都会遇到挫折，但是会微笑的人善于把挫折锤炼成壮美的诗行，善于把挫折化作心灵的灯盏，善于把生命的绊脚石转变为人生的垫脚石。让我们用微笑面对挫折，为自己开辟成功之路。

正因为溪流有阻碍，所以才能有潺潺的流水声；正因为有了秋霜的锤打，所以秋天的枫叶才会红得那样透彻；人生的乐章，正是因为有了各种困难、挫折，才会变得更加壮美！

遭遇挫折，放大痛苦，只会让生命暗淡。遭遇挫折，让微笑去代替痛苦，让进取去代替沉沦，让振作去代替失意，不要因为一次小小的挫折而放弃美丽的一生。笑对挫折，会让你领略到清风、明月的美丽和最终胜利的喜悦！

人生的道路曲折漫长，在人的一生中充满着成功与失败、顺境与逆境、幸福与不幸等矛盾，而人生挫折则是一个人迈向成功的征途中所必须认真对待的一个课题。只有仔细回味把握人生挫折，才能真正领会人生的乐趣，也只有在战胜了人生挫折以后，才能真正走向成功。

画龙点睛

挫折是什么？是一面镜子。你对它沮丧，它不会为你让路；你对它微笑，它会还你一片阳光。挫折其实并没有那么可怕，只不过在人的潜意识中，它会被无限放大。当你真正跨越了它的时候，发现这不过是一块阶石而已。微笑是一种心态，人生不可能总是一帆风顺。遇到了挫折要微笑，把挫折当作上天给自己的一次锻炼机会；遇到挫折要微笑，因为这是攀登人生高峰的必经之路。只有翻越了这块拦路的石头，在你登上高峰的时候，你会发现，它原来是那么渺小。

扛了船赶路

以前的经历可以成为我们以后的借鉴，但我们不可因此背上包袱，因为我们还有很长的路要走。丢掉那些失败、哭泣、烦恼，轻轻松松上路，你会越走越快、越走越欢愉，路也会越走越宽。

一个青年背着个大包裹千里迢迢跑来找无际大师，他说："大师，我是那样地孤独、痛苦和寂寞，长期的跋涉使我疲倦到了极点。我的鞋子破了，荆棘割破双脚；手也受伤了，流血不止；嗓子因为长久的呼喊而喑哑……为什么我还不能找到心中的阳光？"

大师问："你的大包裹里装的什么？"青年说："它对我可重要了。里面装的是我每一次跌倒时的痛苦，每一次受伤后的哭泣，每一次孤寂时的烦恼……靠着它，我才能走到您这儿来。"

于是，无际大师带青年来到河边，他们坐船过了河。上岸后，大师说："你扛了船赶路吧！""什么，扛了船赶路？"青年很惊讶，"它那么沉，我扛得动吗？""是的，孩子，你扛不动它。"大师微微一笑，说："过河时，船是有用的。但过了河，我们就要放下船赶路，否则，它会变成我们的包袱。痛苦、孤独、寂寞、灾难、眼泪，这些对人生都是有用的，它能使生命得到升华，但须臾不忘，就会成了人生的包袱。放下它吧！孩子，生命不能负重太多。"

青年放下包袱，继续赶路，他发觉自己的步子轻松而愉悦，比以前快得多。原来，生命是可以不必如此沉重的。

画龙点睛

　　在无际大师的开导下，青年终于知道了生命是可以不必如此沉重的道理。事实上，我们每个人都要学会放弃人生道路上遭遇的痛苦、孤独、寂寞、灾难等，让自己轻装前进。我们完全不必在自己身上施加如此之重的压力。为什么我们不能轻松点面对生活呢？经常释压，轻松上阵，这样你便会感觉到放下包袱后的生活是那么美好。

珍惜现在

生活中我们经常听到这样的话："如果让我回到从前，我会……""如果以前那次我抓住了机会，我就……"听到这样的话你是不是觉得很熟悉，因为我们自己也许就刚刚说过或者曾经说过，不要着急否认吧，朋友，这没什么难为情的，因为我们每一个人都曾经说过同样的如果和作过同样的假设。人生是不能重来的，所以我们只能对过去寄予幻想，所不同的是，有的人一辈子都活在对过去的幻想和假设中，而明智的人只是偶尔想想和说说，更多的时间是在设计现在，憧憬未来。

人生没有两条完全相同的道路，正如世界之大，却没有两张完全相同的面孔一样，可以相似，甚至惟妙惟肖，但绝不会不差分毫。比如你可以借鉴前人的人生经验，追寻前人的脚步，但沿途看到的，却绝对不会是相同的风景，和你相伴同行的，也绝对不会是相同的旅伴，所以面临的，也绝对不会是相同的机会。

每个人出身的不同、学识的不同、才能的不同以及机遇与性格的不同等等方面，决定了千差万别的人生道路。踩着别人的脚印前行，你迟早会发现，前方已经没有了路，而我们要做的，是在前人没有走过的地方，踏出一条新的路，一条属于自己的人生之路。

命运，不能复制；人生，无法重来。人生的旅途，千条万条、分支无数，每走一步，都需要作出艰难的选择，没有谁会事先知道，哪一条是死胡同，哪一条通向光明？我们会无数次的站在人生的十字路口上，无数次的面临着不同的抉择，向左走，还是向右走？没有经验，没有向导，没有提示，没有路标，一切都要凭借自己的智慧和勇气，做出选择和决定。正因为人生的舞台没有彩排，也没有重演，所以人生路上我们的每一个选择和决定，都必须深思熟虑，三思而行。我们要对自己负责，对命运负责，对不能重新来过的人生负责。

因为前途莫测，所以充满了诱惑与挑战；因为无法重来，所以更显悲壮与豪迈。正是由于压力与挑战并存，诱惑与机遇同在，人生才如此的波澜壮阔、多姿多彩啊！世界上不存在完美无缺的人生，也不存在一帆风顺的人生，每个人的人生旅途中都难免会有磕磕绊绊、步履蹒跚的时候，都会走弯路和走错路。没关系，朋友，走累了就歇一歇，跌倒了就爬起来，掸掸身上的尘土，继续上路。

成功者之所以成功，是因为他们目光始终坚定的眺望着前方；而失败者之所以失败，是因为他们不敢正视前方的旅途。成功者懂得，挫折和磨难是人生必须的历练，风雨过后总会见彩虹，更懂得人生不能重来，所以更加珍惜生命的时光，只争朝夕；而失败者却因为遭受到偶尔的挫折打击，就对前方的坎坷充满了畏惧。他们惧怕前方的泥泞和坎坷，恐惧旅途的荆棘和风雨，所以止步不前，只会抱怨着生活的不公和人生的艰辛，他们其实也知道人生不能重来，但他们不知道的是，现在和未来却是可以自己掌握和争取的。

人生不能重来，人生也无法预知长短，但我们可以控制的，是人生的内容，是人生的质量，是生命的品质，是生命的宽度。庸庸碌碌没有追求的人生，即使再长也只是一部吃喝拉撒的流水账，乏善可陈味同嚼蜡；而拼搏进取充实丰满的人生，即使很短也是一首清新隽永的小诗，寓意深刻回味无穷。

人生不能重来，所以我们要更加珍惜现在，珍惜现在的生活，珍惜现在的拥有，不要悔恨过去，不要抱怨命运，因为在悔恨和抱怨中过去的每一分每一秒，都是我们不能重来的人生。

昨天，已经从我们生命中流走；明天，在我们生命中是个未知数；今天，才是我们应该把握和珍惜的时光……

画龙点睛

字写错了可以擦掉重写，画画错了可以撕掉重画，惟有人生之路，走错了却没有归途，所以我们要慎重的对待人生中的每一步，但这并不是让我们在人生的旅途中瞻前顾后止步不前，也并不是说走错了一步就会满盘皆输万劫不复了。人生中更重要的是，百折不挠的意志和勇于认错的态度，发现走错了就重新调整人生的坐标和前进的方向，只要我们坚持不懈，终会另辟蹊径，赢得最后的成功和幸福。

时尚的风潮

　　一位沾亲带故的妙龄少女，来拜访我。我想起了她的祖父，当年待我极好，却已去世八九年了，心中不禁泛起阵阵追思与惆怅。在和她的交谈中，我注意到她装扮十分时髦。发型是"男孩不哭"式，短而乱；上衫是"阿妹心情"式，紧而露脐；特别令我感到"触目惊心"的，是她脚上所穿的"姐妹贝贝"式松糕鞋。她来，是为了征集纪念祖父的文章，以便收进就要出版的她祖父的一本文集里，作为附录。她的谈吐，倒颇为得体。但跟她谈话时，总不能不望着她，就算不去推敲她的服装，她那涂着淡蓝眼影、灰晶唇膏的面容，也越来越使我感到别扭。事情谈得差不多了，她随口问到我的健康，我忍不住借题发挥说："生理上没大问题，心理上的问题就多了，也许是我老了吧。比如说，像你这样的打扮，是为了俏，还是为了'酷'？总欣赏不来。我也知道，这是一种时尚。可你为什么就非得被时尚裹挟着走呢？"

　　少女听了我的批评后，依然微笑着，客气地说："时尚是风。无论迎风还是逆风，人总免不了在风中生活。"少女告辞而去，剩下我独自倚在沙发上出神。本想"三娘教子"，没想到却成了"子教三娘"。

　　前些天，也是一位沾亲带故的妙龄少女，来拜访我。她的装束打扮，倒颇为清纯。但她说起最近的一些想法——以便"丰富人生体验"，跻身"新新人类"等等。我便竭诚地给她提出了几条忠告，那都是我认定的在世为人的基本道德与行为底线。她后来给我来电话，说感谢我对她的爱护。

妙龄少女很多，即使同是城市白领型的，看来差异也很大。那看上去清纯的，却可能正处在失纯的边缘；那望上去扮"酷"的，倒心里透亮，不但不需要我的忠告，反过来还给我以哲理启示。

几天后整理衣橱，我忽然在最底下，发现了几条旧裤子。一条毛蓝布的裤子，是40年前我最心爱的，那种蓝颜色与那种质地的裤子现在已经绝迹了。它的裤腿中前部已经磨得灰白，腰围也绝对不能容下当下的我，可是我为什么一直没有遗弃它？它使我回想起羞涩的初恋，同时，它也见证着我生命在那一阶段里所沐浴过的世俗之风。一条还是八成新的军绿裤，腰围很肥，并不符合30年前我那还很苗条的身材，我回想起，那是我费了九牛二虎之力才讨到手的。那时"国防绿"的军帽、军服、军裤乃至军用水壶，都强劲风行，我怎能置身于那审美潮流之外？还有两条喇叭裤，是20年前在一种亢奋的心情里置备的。那时我已经38岁，却沉浸在"青年作家"的溢美之词里。记得还曾穿着喇叭开度极为夸张的那一条裤子，大摇大摆地去拜访过那位提携我的前辈，也就是如今穿松糕鞋来我家，征集我对他的感念的那位妙龄女郎的祖父。仔细回忆时，那前辈望着我的喇叭裤腿的眼神，凸现着诧异与不快重新浮现在了我的眼前，只是，当时他大概忍住了涌到嘴边的批评，没有就此吱声。

人在风中。风来不可抗拒，有时也毋庸抗拒。风有成因，风既起，风便有风的道理。有时也无所谓道理，风就是风，它来了，也就预示着它将过去。凝固的东西就不是风，风总是多变的。风既看得见，也看不见。预报要来的风，可能总也没来。没预料到的风，却会突然降临。遥远的地球那边一只蝴蝶翅膀的微颤，可能在我们这里刮起一阵劲风。费很大力气扇起的风，却可能只相当于蝴蝶翅膀一颤的效应。风是单纯的、轻飘的，却又是诡谲的、沉重的。人有时应该顺风而行，有时应该逆风而抗。像穿着打扮、饮食习惯、兴趣爱好，在这些俗世生活的一般范畴里，顺风追风，不但无可责备，甚或还有助于提升生活情趣。对年轻的生命来说，更可能是多余精力的良性宣泄。有的风，属于刚升起的太阳；有的风，专与夕阳做伴。好风，给人生带来活力；恶风，给人生带来灾难。像我这样经风多次的人，对妙龄人提出些警惕恶风的忠告，是一种关爱，也算是一种责任吧。但不能有那样的盲目自信，即认定自己的眼光判断总是对的。有的风，其实无所谓好或恶，只不过是一阵风，让它吹过去就是了。于是又想起了我衣柜底层的喇叭裤，我为什么再不穿它？接着又想起了那老前辈的眼光，以及他并没有为喇叭裤吱声的行为。无论前辈，还是妙龄青年，他们对风的态度，都有值得我一再深思体味的地方。

🫖 画龙点睛

　　我们每个人都处于时尚的风潮中，慢一步，便是土气、守旧；快一步，便是爱出风头、张扬；更可笑的是，不紧不慢还是会招到不满与讥讽。每个时代都有属于自己的"风"，做你喜欢的就好，谁说风中旋不出美丽的舞蹈。人在风中，对与错，需要别人提醒，更要自己把握。

现实总是无奈的

手机，电脑，思考，创作，吃饭，喝酒……这就是现在的我，简单的生活，单纯的思想，简单的文字，每天如此反复着。

春天过后，就是夏天，白天窗外的阳光越来越强烈，夜晚窗外的风和雨也越来越疯狂。最近感觉自己睡得越来越晚了，晌午的太阳已到了头顶，才从梦中迷迷糊糊的惊醒，新的一天就这样开始了，再打开手机看发表过的文章有没有点击率，看微博，聊 QQ，看博客。自从前两个月开始写诗到现在，我每天都在马不停蹄的想诗，写诗，发诗……然后再进新浪博客里面阅读别人的诗歌，以此来充实自己的思想。

记得 5 年前，我还是个 18 岁的高中生，对什么都感兴趣。在那个青涩年代，我最热爱的就是足球，每天放学后，我都会去踢球，踢得越卖力就越来劲。那些年读书是我惟一的事业，每天预习听课练习都免不了，当然，除了读书就再也没有别的事可做了。偶尔会去校读书管阅览群书，也偶尔会去街上买些杂志来看。那些年，我最爱读韩寒、郭敬明的书，他们的书我都读过。那些年，我没有手机，天天拿着一本小说在宿舍里看。有时候上课也会看，初次接触那些小说，给我带来了很多启迪，像第一次读郭敬明的幻城，第一次读韩寒的零下一度，我才知道原来小说是这么迷人，这么好看。在那些年，读了那些小说，给了我思想很大程度上充实，也锤炼了我的思想，翻新了我幼稚的世界观思想观，那些年我还读过海伦凯勒的假如给我三天光明，这些书散发着智慧的光芒照射着我幼小的内心世界。

那些年，我还不知道上网，还没用过手机，也没去过繁华的都市，还是个轻狂的少男、懵懵懂懂，不知道网络的世界是这么的强大与风靡，也不知道手机有这么方便实用，更不知道都市是这么浮华与冷漠……

那些年，我对外面的世界充满了好奇与向往，我的轻狂与肤浅使我过早的离开学校奔向那令我向往的大城市；那些年，我幻想着都市的繁华景象与灯红酒绿的夜市，幻想着都市里的金钱物质情感生活。18岁我就去了深圳，直到现在我才知道，深圳并不是我说的那样令人向往，我不过是个外来农民工，而深圳是个什么都有的城市，郊区、工业区、市中心、工人、富人、科技、专业……那个城市商人富人居多，金钱与物质主宰着那个社会，我不过是个那个城市的一个过客，也是千万农民工的一个缩影，达尔文说对了，物竞天择，优胜劣汰。强者生存，是这个社会的本质与规律。我没有专业知识和文化技术，没有赚钱的头脑和经验，我就会被那个城市所淘汰，生活就会变得如此无奈与失败……

似乎上网看书写诗，是潜离现实的惟一方法，偶尔也会想想人生，偶尔也会构思一个故事，偶尔也会坐着车远离家乡逃奔城市。现实对我来说似乎很矛盾，我选择了乡间朴素无华天天看书撰字没经济收入的生活，就不能够选择天天有钱赚、天天有钱花、天天花天酒地的生活。

我还在家，生活让我继续奋斗！一个故事，或一本好看的小说，大概也是这么来源的吧！

画龙点睛

人其实贵在找到自己的位置。我们总是羡慕外面大千世界的美好，总是强行把自己塞进一个不属于自己的世界中去。可我们却从来没想过，这样的地方，适合我吗？人应该有所追求，但要找到适合自己的路。有时候我们觉得自己努力够多了，可依然无法获得成功，其实是因为，刚开始的方向错了，再努力都是徒劳的。恰如"南辕北辙"一样，不但达不到目的，反而可能会离目的越来越远。

第五辑
现实走在理想右边

点亮前方希望的光

　　站在雨淋不到的角落，深沉的望着远方，一眼望不到头的路段，渲染着怎样的凄凉。一阵寒风拂过，心从黑夜中惊醒，望望窗外世俗的离殇，昨日的记忆是否尤在眼前明晃。泪光滑过路边的彷徨，一边走，一边抚摸着被岁月褪尽的沧桑。一段记忆的流沙滑过指尖，留下守候不前的遥望。岁月已逝，寒夜冰冷的月光能否与我一起走过地老天荒，去寻找心灵栖息的方向。

　　一个没有理想的人，好似一把没有准星的枪；一个没有目标的人，好似一片到处纷飞的羽毛。往往有时候我们都有一双攀天巨足，往往有时候我们都有一双腾飞的翅膀，惟独没有一双洞察人间迷雾的双眸和一个体味人生百态的心房。

　　将心态放平吧，将志向抛去你向往的地方吧。当然，你也许可能不知道在社会的舞台上你究竟会扮演者一个什么样的角色，你也许可能不知道人生这趟有去无回的单程列车上你究竟会在哪一个站点下车，你也许可能不知道自己手中的这只笔是否可以像其他人那样拥有着耀眼的光泽。但是有一点，你要明白，你已进入不惑之年，肩头的重担开始流转，双眼的目光也要直视向前。

　　海燕搏击风浪，它们可曾因为害怕而放弃自己怀久的梦想；雄鹰孤傲苍穹，它们可曾因为劳累而摒弃自己坚定的信仰；飞蛾以身殉火，它们又可曾因为寂寞而将自己的灵魂出卖给黑暗的漩涡。

　　我总是躲在梦与季节的深处，听花与黑夜唱尽梦魇、唱尽繁华，唱断所有记忆的来路，让经历品味五谷杂粮，让双腿踏破世俗的离殇。

我走了走，拾起了路边的晨荒；我走了走，看了看远方的斜阳、脚边的淤泥。前方的荆棘，让我不再想涉足前方。我多想就这样慢慢终老，我多想畏缩不前做一个无名小卒在城市的边缘浩浩荡荡，身边的孤独淹没了我青春的力量，一千只鸟飞过天空，它们眼角的泪水滴落在我沉默的心房，望望天空美丽的云朵，看看大海上翻滚的浪花，我是不是真的要让人生的烛火泯灭我生命中的最后一点光亮。

一枝笔，点亮了前方希望的光。虽然我是一个弱者，但我又怎么忍心将梦想停留在山腰，我不是强者，但我也要向梦想发起冲锋的号角。我要拼搏，即使让我沸腾的热血如火药般剧烈的燃烧；我要拼搏，即使让我赢弱的身躯如夸父一般成为太阳的燃料。我将勇敢重新装入胸腔，我将迷茫转化为奋斗的力量，走过淤泥、踏过青香、翻过高山、越过海洋、扬起希望的风帆，开启新的航向。我坚信：只要路在脚下，心就在前方。

画龙点睛

人生，不过是一道一加一等于一的数学题。一份梦想加一次努力等于一次收获；一个朋友加一次关心等于一份快乐；一次教训加一份经历等于一次成长；一个信心加一道路途等于一次成功。

每天都是新的开始

我们之所以会心累，就是常常徘徊在坚持和放弃之间，举棋不定。生活中总会有一些值得我们记忆的东西，也有一些必须要放弃的东西。放弃与坚持，是每个人面对人生问题的一种态度。勇于放弃是一种大气，敢于坚持又何尝不是一种勇气，孰是孰非，谁能说得清道得明呢？如果我们能懂得取舍，能做到坚持该坚持的，放弃该放弃的，那该有多好。

别让自己心累！应该学着想开，看淡，学着不强求，学着深藏。

别让自己心累！适时放松自己，寻找宣泄，给疲惫的心灵解解压。

为什么别人会说傻瓜可爱、可笑，因为他忘记了人们对他的嘲笑与冷漠，忘记了人世间的恩恩怨怨，忘记了世俗的功名利禄，忘记了这个世界的一切，所以他活在自己的世界里随心所欲地快乐着，傻傻的笑着。

忘掉从前，把每天都当成一个新的开始，那该有多好。可是，说起来容易，做起来却是那么的难。

人之所以会痛苦，就是追求的太多。人生在世，不可能事事顺心，不要常常觉得自己很不幸，其实世界上比我们痛苦的人还要多很多。明知道有些理想永远无法实现，有些问题永远没有答案，有些故事永远没有结局，有些人永远只是熟悉的陌生人，可还是会在苦苦地追求着，等待着，幻想着。

其实痛苦并不是别人带给你的，而是你自己的心态不够好，没有一定的承受能力。就像我的一个朋友，硬要把单纯的事情看得很严重，把简单的东西想的太复杂，那样子你会很痛苦的。

人之所以不快乐，就是计较的太多。不是我们拥有的太少，而是我们计较的太多。不要看到别人过得幸福，自己就有种失落和压抑感，其实你只看到了别人的表面现象，或许他过的还不如你快乐。人的欲望是无止尽的，人人都在追求高品质的生活，人人都想得到自己想要的东西，人人都在为了自己的目标，整天忙碌着，奋斗着。得到了，开心一时；得不到，痛苦一世。

世界上没有完美无缺的东西，不完美其实才是一种美，只有在不断的争取，不断的承受失败与挫折时，才能发现快乐。

人之所以不知足，就是有着太多的虚荣心。俗话说"知足者常乐"，但又有几个人能达到这样的境界。人不是因为拥有的东西太少，而是想要的东西太多。大千世界无奇不有，有着太多太多的诱惑，我们不可能不动心，不可能不奢望，不可能不幻想。面对着诸多的诱惑，有多少人能把握好自己，又有多少人不会因此而迷失自己？但话又说回来，有了知足心，哪会有上进心？时代在发展，生活在继续，我们需要不断地去努力，去追求。如果只满足于现状，一味地沉浸在自己的知足里，那还有什么远大的理想和追求了？

人之所以不幸福，就是没有知足心。每个人对幸福的感觉和要求都不相同，一个容易满足、懂得知足的人才更容易得到幸福。曾经看到过这样一句话："幸福就如一座金字塔，是有很多层次的，越往上幸福越少，得到幸福的机会相对就越难；越是在底层越是容易感到幸福；越是从底层跨越的层次多，其幸福感就越强烈。"幸福其实就是一种期盼，是一种心灵的感受。只要我们用心去发现，用心去感受，你就会发现幸福其实就在我们身边，只是这样的幸福常常被我们忽略。

人之所以活的累，就是想的太多。身体累不可怕，可怕的就是心累。心累就会影响心情，会扭曲心灵，会危及身心健康。其实每个人都有被他人所牵连，被自己所负累的时候，只不过有些人会及时地调整，而有些人却深陷其中不得其乐。在这个充满竞争压力的社会里，生活有太多的难题和烦恼，要活得一点不累也不现实。不同时代的人有着不同

135

的精神状态。以前，我们的物质生活很贫穷，但精神状态却很好；如今，我们的物质生活提高了，可精神生活却匮乏了。不要逢事就是喜欢钻牛角尖，让自己背负着沉重的思想包袱，把事情考虑得太周全，这就造成了我们活的累。

为了寻找幸福，我们会许下一些诺言。可当真正去做的时候，却发现有些诺言是虚伪的谎言。但细想一下，就是这些虚伪而善良的谎言让我们对幸福充满了希望和信心。其实承诺并没有什么，不见了也不算什么，所有的一切自有它的归宿。

幸福是自己的感觉，需要自己细细去体会。幸福的距离，有时近有时远，以为就在咫尺，转眼却还在天涯。平静的生活就像一杯白开水，喝起来淡而无味，却不知道正是它的纯净无暇才让我们的生命幸福，懂得生活的人才会在平淡中品出甘甜和幸福。

幸福就是这样的飘渺不定却也真实的存在着。对幸福开始渐渐的有所感悟，看看身边的人，有幸福的笑容，也有落寞的情绪。再看看自己，还不是如此，有开心的时候，也有落寞的时候。人生数载，面临着许多考验，也会有很多的得到和失去，也有许多的成功和失败。

人，永远是矛盾的主体，经常处在犹豫和憧憬的困惑中、夹在世俗的单行道上，走不远，也回不去。人，真的是一个难以琢磨的生灵，最了解自己的永远只有自己。

画龙点睛

人之所以会烦恼，就是记性太好。该记的、不该记的都会留在记忆里，而我们又时常记住了应该忘掉的事情，忘掉了应该记住的事情。学会放下，放下一些所谓的思想包袱，坦然面对一切，让一切顺其自然，这样你才会让自己轻松自在。

人生是什么?

一棵有毒的树矗立在路旁。

第一种人大老远看见了，赶紧绕路而行，他们一点也不愿接近，生怕不小心会中毒。

第二种人来到了树边，看见这棵树，马上就想到它的毒素，急着要砍除它，以免有人受害。

第三种人有着不同的心态，他们愿意带着慈悲心去思索：这棵树也有生命，不要轻易毁掉。于是他们在树旁圈上篱笆，注明有毒，以此避免危害到路人。

至于第四种人在看见这棵树的时候，会说："喔！一棵有毒的树，太好了，这正是我要的！"他们开始研究树的毒性，提炼了毒素，与其他成分混合，制成了可以救人的药材。

你认为人生是什么呢？如果有一个造句，"人生是……"或"人生像……"，你会怎么完成这个句子呢？用直觉，就是脑海里直接浮现出来的答案，我们不是在写作文或进行造句，不需要优美的修饰。

"我的答案是人生如戏。"一位看起来吊儿郎当，凡事不在乎的男士可能会这样说。

"我从小看着爸爸妈妈为这个家打拼，一直认为人生是很艰辛的。"即使这位女学员没有说出来，但从她愁眉不展的神情中，也可以猜想到答案。

"人生是一场无休止的竞赛。"这位学员有着非常明显的"宁为鸡首，不为牛后"以及"只有第一，没有第二"的刚毅性格。难怪他说自己当年没有考上第一志愿的高中，就放弃了已考上的第二志愿，毅然去当兵。

还有人说"人生是来还债的"，这样的想法，虽然宽慰了受到创伤或不平待遇时的心情，但回答这个问题的学员，似乎有着很深的无奈。

人生到底像什么？这的确是个见仁见智的问题，然而也正是因为有这么多种对人生不同的态度，才形成了各不相同的生命剧本。

我们对人生的诠释，其实也就是内在意识的外在表现，自然也就活出那种形态的生命形式。

于是我们看到，有些人终其一生，却始终扮演着苦情哀怨的主角；有些人虽然会赚钱，但却始终留不住钱；有些人最擅长演的角色就是悲剧英雄。

还有一位学员在课堂上赫然发现，自己不论在婚前、婚后，还是在家庭、公司，虽然是有女儿、太太、媳妇、职员等各种不同的称呼，但总括而言，结果只有一个——为别人活，完全没有自我。

"人生永远是朝向你所思考的方向前进"，就像开头故事中的那棵树，你用不同的方式对待，就会导致不同的结果。

你认为人生像什么呢？

画龙点睛

　　人生无论像黄粱美梦还是像竞技赛场，无论似艰辛旅程还是似荒唐戏文，它都会永远朝着你思考的方向前进，不同的角度会有不同的答案。但不管怎样，我们向梦想努力就好。

两片树叶

　　这个森林很大，而且密密麻麻地长满了各种带叶的树。通常，每年这时天气都很寒冷，有时甚至会下雪，可是，今年的11月却相当暖和。如果不是整个森林都满布落叶，你还会以为这是夏天。落叶有的黄得像蕃红花，有的红得像葡萄酒，有的呈现金黄色，有的则是斑驳的杂色。这些树叶曾经受过风吹雨打，有些在白天脱落，有些在夜间掉下，如今已在森林地面形成了一张很厚的地毯。它们虽然浆液已干，但还散发着一种可人的芬芳。阳光透过树枝照射着落叶，经历过秋季暴风雨而居然还留存下来的蠕虫和蝇蚋在叶上爬行。落叶下面的空隙，为蟋蟀、田鼠以及许多其他在地下寻求庇护的动物提供了藏身之所。

　　在一棵已几乎失去所有叶子的树上，顶端的一根小树枝上还挂着两片叶子：欧里和楚珐。欧里和楚珐自己也不知道是何原因，竟然能逃过历次的风雨和寒夜。其实又有谁知道为什么一片叶子会落下而另一片留存？不过欧里和楚珐相信，答案在于他们彼此深深相爱。欧里的身形稍微比楚珐大，也年长几天，而楚珐较为美丽，较为细致。在风吹雨打或冰雹初降时，一片叶子帮不了另一片叶子什么大忙。不过，欧里总是一有机会就鼓励楚珐。每逢遇到雷电交作，狂风甚至把整条树枝也折断的最猛烈的暴风雨时，欧里就恳切地对楚珐叮嘱："坚持下去，楚珐！全力坚持下去！"

　　在寒冷的暴风雨之夜，楚珐有时会埋怨说："我的大限已到，欧里，你坚持下去吧！"

"为什么?"欧里问,"没有你,我的生命是没有意义的。如果你掉下去的话,我也会跟着你掉。"

"不,欧里,不要这样做!一片叶子只要能维持不坠,就不可放手。"

"那就要看你是否跟我在一起了。"欧里回答,"白天,我对着你看和欣赏你的美。夜晚,我闻到你的芳香。要我做树上的孤独叶子吗?不,绝不行!"

"欧里,你的话虽然很甜,可不是事实,"楚珐说,"你明知我已不像从前那样美丽了。看,我有多少皱纹,我已变得多么干瘪!我只留下一样东西——我对你的爱。"

"那还不够吗?在我们所有的力量当中,爱是至高至美的。"欧里说,"只要我们相亲相爱,我们就会留在这里,没有什么风雨雷暴能够摧毁我们。我可以告诉你一件事,楚珐,我对你从来没有像现在爱得这样深。"

"为什么,欧里?为什么?我已经全身都变黄了啊。"

"谁说绿色美而黄色不美?所有颜色都是同样漂亮的。"

就在欧里说这些话时,楚珐这几个月来一直担心的事发生了:一阵风吹过来,把欧里从树枝上扯去。楚珐开始震颤摆动,好像也快要被风吹走似的,可是,她仍紧紧地抓着不放。她看见欧里坠下时在空中摆荡,于是用叶子的语言喊他:"欧里,回来!欧里!欧里!"

但是她的话还没有说完,欧里便消失不见了,他已和地面上的其他叶子混在一起,留下楚珐孤零零地挂在树上。

只要白天仍然持续,楚珐一定可以设法忍受她的悲伤。但一到苍穹渐黑,天气变冷,而细雨亦开始降下时,她就万念俱灰。不知怎的,她觉得树叶的一切不幸都该归咎于树的本身,归咎于那拥有无数强劲分枝的树干。树叶会落下,但树干却巍然屹立,牢固地扎根于泥土中,任何风雨冰雹都不能把它推到。一片叶子的遭遇,对一棵很可能永远活下去的树来说,算不了什么。在楚珐看来,树干就是一种神明。它用叶子遮盖着自己几个月,然后把叶子撇掉;它用自己的浆液滋养叶子,高兴滋养多久就多久,然后就让它们干渴而死。楚珐哀求大树把欧里还给她,求它再度回复夏日情景，可是大树不理会她的恳求。

楚珐没想到独自一个的夜晚会像今夕这样漫长，这样黑暗，这样寒冷。她向欧里说话，希望得到回答，可是欧里无声无息，也没有露出存在的迹象。

楚珐对树说："既然你已把欧里从我身边夺走，那就把我也拿走吧。"

可是即使这个恳求，树也不加理会。

过了一阵，楚珐打了个瞌睡。这不是酣眠，而是奇怪的慵倦。醒来后，楚珐惊讶地发觉自己已不再挂在树上。原来在她睡着时，狂风把她吹了下来。这和日出时她在树上醒来的感觉大不相同，她的一切恐惧与烦恼均已消除。而且这次睡醒还带来了一种她从未有过的体会。她现在知道，她已不再只是一片任由风吹雨打的叶子，而是宇宙的一部分。楚珐透过某种神秘力量，明白了她的分子、原子、质子和电子所造成的奇迹——明白了她代表的巨大力量和她身为其中一部分的天意安排。

欧里躺在她的身旁，彼此为以前所不知的爱互相致意。这不是由机缘巧合或一时冲动所决定的爱，而是与宇宙同样伟大和永恒的爱。他们在4月与11月之间的日夜害怕会发生的，结果不是死亡，而是拯救。轻风吹来，把欧里和楚珐吹上空中，他们在翱翔时的那种幸福快乐，只有获得解放与宇宙混为一体的生物才能体会得到。

画龙点睛

"执子之手，与子偕老"，两片叶子为了爱情生死相依。虽然命运是无法改变的，但是它们仍然紧紧相依，即使被大地所融化，灵魂依然相偎，谱出了"生生世世，永不分离"的篇章。

直面艰难的人生

我希望你能和弟弟共处一间卧室，哪怕在卧室中间划一条分界线也没关系。但是，如果他因为害怕而想钻进你的被窝，我希望你能接纳他。

当你想出去看一部迪士尼电影，你的小弟弟也想跟着去的话，我希望你能带上他。

我希望你能和朋友们一起爬山，你所生活的城市里，做这项运动不会有什么危险。

我们竭尽全力想让儿女们过得更好，而往往却适得其反。对待孙辈们，我可就明智多了。

我真希望他们能够了解，什么是兄长传下来的衣服，家里自制的冰淇淋以及吃剩的肉糕。

我深爱的孙子啊，希望你在失败过后能够学会谦卑，学会诚实，即便是没有人注视着你的时候。

我希望你能学会自己叠被子、修剪草坪、洗车子。我还希望在你满十六岁时，不会有人送给你一辆崭新的轿车。

假如你至少有一次机会能看见小牛犊出生，假如你不得不把一条伴你多年的狗安葬，并且有一位好朋友在场为你作伴，那样该多好啊！

我希望你能为自己的信仰不惜一切代价。

如果你想要个弹弓，我希望你的父亲能教你怎样去做，而不是去买一个。我还希望你能够学会挖泥和读书，在你学会用电脑的同时，也应该学会加减法的心算。

当你第一次恋上一个女孩时，我希望你会受到朋友们的嘲弄；当你向你母亲顶嘴时，我希望她能叫你尝一尝象牙肥皂的滋味。

或许在爬山时，你会弄破膝盖，或者不小心被炉子烤伤手，抑或舌头粘在冰冷的旗杆上。

我希望如果有人对着你的脸喷吐烟雾时，你会感到恶心。如果你尝试喝一次啤酒，我不会在意，但是我希望你不会喜欢上它。如果有一位朋友请你吸一口含大麻的香烟，或是任何毒品，我希望你能够明智地意识到他不是你的朋友。

我当然希望你能抽时间来陪你的爷爷在门廊上坐坐，或者陪你的叔叔钓钓鱼。

如果你把棒球扔进了邻居的窗户，我希望你母亲惩罚你。如果你能剪掉指甲，用石膏做一只自己的手的模型送给你妈妈，我希望她会给你拥抱和亲吻。

我希望你能经历艰难的岁月，失望与挫折，并希望你能努力工作，幸福快乐。

画龙点睛

当人们即将走完自己的人生之路回首往事时，方能醒悟人生原来不仅仅是享乐、安逸，还应该在每个阶段做一些应该做的事情，并学会总结其中的经验与不足。大至为人处世，小至生活的点滴，都不要忽视了对自己的培养。只有这样，你才能直面艰难的人生，一路微笑着前行。你不会觉得生活令你很失望，反而处处充盈着快乐和幸福。

不怕笨只怕蠢

与聪明比较起来，那些理解能力和记忆能力差、不灵巧、不灵活的便被称之为"笨"。每每被称"笨"的人，总是很不好意思，觉得那是一件很丢人的事。其实，世上的事物没有绝对，只有相对，人的聪明与否固有其遗传的因素，但皇天不负有心人，笨鸟是可以先飞的，笨又有什么可怕呢？

华罗庚说："勤能补拙是良训，一分艰苦一分才。"可见，勤是治笨的最有效的途径。的确如此，历史上那些取得了巨大成就，为社会做出了巨大贡献而最初被称为"笨人"的大有人在，像爱因斯坦、达芬奇、童第周……如果不是因为太痴迷、太勤奋，他们恐怕成了世人眼里的笨人。

我智商低、起点慢、阅历少，是个笨的典型，但我从来没有因为笨而觉得有什么可耻，相反引以为豪的是我的认笨态度好，因而多得良师指教，收获颇多。

荀子说："驽马十驾，功在不舍。"笨是劣势，也是优势。因为笨，我们不具备先天的优劣；因为笨，我们没有什么可以依仗；也因为笨，我们可以用百倍的努力去弥补自身的劣势。这过程虽然辛苦，付出的汗水要比别人多，但我们最终还是同时到达理想的彼岸，结果不也是一样吗？聪明的一步到位，笨的步步为营，与相同的结果比较起来，步步为营的过程更耐人寻味，而一步到位多少有点囫囵吞枣的感觉，笨人的成功来之不易，对成功的意义的体会也更加深切。

笨是可以治的，而蠢却无可救药。最可怕的是那种愚蠢至极却自觉聪明的人，这种人，总觉得自己很聪明，总以为自己什么都懂，因而往往目空一切，更谈不上能够听从并接受他人的教导，久而久之，他只能固步自封，自食其果，这样的人，岂不比笨更可怕？

笨人看上去往往很老实，而蠢的人却常常以聪明的架势出现。蠢是可怕的，这可怕在于他既不觉悟，又不接受教育。他们像一块顽石，任何道理在他面前都说不通。蠢的人不愿学习，也无法感化，更不能正视自己，真是无计可施。人们常把笨与蠢混为一谈。其实，笨是可爱的，蠢才是可怕的。与笨的人在一起你会有安全感，可与蠢的人在一起则只能惊恐万分了。笨的人干不了危险的事，危险的事是那些自以为聪明却又很蠢的人干的，与蠢的人在一起，不可怕才怪呢！

当一个人被称之为笨人的时候是无关系的，大不了加强学习罢了，如果被人称之为蠢，那就可不要再一意孤行了，而应该冷静下来想一想，反省反省自己的言行，要是还不清醒，结果肯定要碰壁的。人啊！最可怕的不是没得救，而是有得救的时候不肯被救。

笨是不通情理，蠢是蛮不讲理。不通情理可以教化，蛮不讲理只能感化，感化不了，那就没造化！

画龙点睛

从文中我们懂得了笨与蠢的区别。笨可以用后天的努力来进行补救，而蠢往往却不是笨人的所为，反而是那些自以为聪明人的所作所为。人们常说："笨鸟先飞。"可见笨人也有可能通过自己的勤奋获得成功的，但是蠢的人却往往走向成功的反方向。那么读完文章后，你是一个笨人呢还是一个蠢人呢？

我的生命韧性十足

我的一个朋友在一次意外的事故中失去了右手。炎炎夏日里，我到他的小书屋去选书。我本来打算要穿一件凉爽的短袖衫出门的，可是，临行前我还是毅然换了一件长袖衫，因为我永远也忘不掉两年前他在酷暑时节穿一件长袖衫对我说"我今生再也无福穿短袖衫了"的悲苦神情，我希望这件长袖衫能从我身上蒸出淋淋汗水，希望这淋淋汗水能多少减淡一点朋友的哀伤与痛楚。当我出现在那间小书屋时，朋友热情地迎上来与我握手。两只左手紧紧相握的瞬间，我俩都忍不住看着对方的衣衫大笑起来——因为，朋友居然穿了一件短袖 T 恤衫！

朋友说："谢谢，我知道你的良苦用心。倒退两年，我还真的特别需要你这样做，但现在不同了……不瞒你说，刚出事的那阵子，我以为我活不下去了，我说什么也接受不了没有右手的残酷现实。我笨拙地穿衣，歪歪扭扭地写字，刮胡子的时候把脸刮得鲜血淋漓，就连上厕所都十分十分不方便。我哭，我闹，我摔东西，我把脑袋剃得溜光来发泄。后来，我就劝自己：别想那只手了，行不？瞧瞧人家古人多么豁达，满嘴的牙齿都掉光了，却说'口中无碍，咀嚼愈健'。一个叫达克顿的外国人，曾以为除了双目失明以外可以忍受生活上的任何打击，可他在60 岁的时候，却真的双目失明了，这时候，他说：'噢，原来失明也是可以忍受的呀。人可以忍受一切不幸，即使所有器官都丧失知觉，我也能在心灵中继续活着。'慢慢地，我平静下来，我开始穿着短袖衫出门，坦然地面对人们异样的目光。我终于明白，我其实有一条韧性十足的命，它远比我想象中的那条命皮实得多、耐磨得多。"

那一天，我倒空了自己的钱袋。我跟自己说：多选一些书吧，这间书屋的书一定富含灵魂之钙。

画龙点睛

耐磨的人生，能够坦然地面对异样的眼光。

耐磨的人生，可以忍受一切不幸，在心灵中继续活着。

耐磨的人生，是对生活的彻悟。

耐磨的人生，需要我们的豁达，需要人性的善良。

缺憾也是美

每当旅行到一处地方，往往该走该看的还没走遍看完就得离开了。当地的主人为我惋惜，我总是笑着说："这样才好，留些遗憾，以后才会想再来。"

不完美的状态才充满可能，有时甚至因而成为一种美——缺憾美。

印度泰姬陵的故事正是个有趣的例子。三个多世纪前，印度莫卧儿王朝皇帝沙加汗，决心为他难产而死的爱妃蒙泰兹建造一座举世无双的华美壮丽的陵寝，设计时当然从外到内巨细靡遗，无一处不是完美的对称。不过这座耗资过巨的爱之杰作弄得民穷财尽，沙加汗被篡位的亲生儿子囚禁起来，郁郁而终，原先想为自己另建一座黑色大理石陵寝，与泰姬陵遥相对应的美梦也碎了。更可悲的是：他死后无处葬身，棺材就被放置在泰姬陵内、蒙泰兹棺椁之旁——这一来，就破坏了他讲求的至高无上的对称美了！然而正因为如此，沙加汗得以与爱妃生同枕死同穴。他若地下有知，是该喜还是憾呢？

其实对称并不一定就美，就像太整齐完好如蜡像的脸孔是乏味的，有时左右不太对称的脸反而更有魅力。至今还觉得《乱世佳人》里的费雯丽是电影史上最美的女人之一，我尤其喜欢她那两道高低长短不一的柳眉。每当她高高挑起右边的眉毛，无论是表示挑逗或者挑衅都显得特别有个性而且迷人。

缺憾美多半是无意和无奈的意外结果，但还是有故意经营的例外。对比泰姬陵的例子，日本建筑就另有一种思维。像东照宫，据说建造时设计者因为自觉太完美了，恐怕会遭天谴，就想出一个办法：把其中一支梁柱的雕花有意颠倒，刻意造成一份缺憾美。这种故意经营出来的缺憾，竟是一种哲学思维了——也可以说是宗教层次上的吧。

原来完美的状态也是可怕的。这不一定是迷信，其实是生活的智慧：因为没有任何状态，包括完美，是持久的。而完美状态的改变只有一个可能：变得不再完美。惟有不完美的状态，才充满变化与发生的可能，才具有一种持续的生命力。中国人也深刻意识到了这一点，所以"月盈则亏"的道理一直是深入人心的。

我们当然不能否定追求完美的重要，对完美的要求，正是人类不断自我提升的驱动力。然而日常生活中完美状态的终止并不一定是坏事，那往往也是紧张状态的终止：小时第一张不再是满分的考卷，新衣服上的第一点污渍，成人后新车上的第一道刮痕……虽然都令人懊恼，却也让人在潜意识里松一口气：不必再成天提心吊胆地保持完美状态了！

我觉得古今中外最美丽的神话是中国的女娲补天，因为贴近人之常情。就算是老天也会损坏的，可是不怕，有位健壮又善良的女神，能采炼石头把天的破洞补好。这是何等亲切的大地之母啊！既然连天都会是残缺的，人世间的缺憾遗恨更是常态，又何须苦苦痴想求全呢？

画龙点睛

缺憾也是美。

面对缺憾，你是痛苦不堪、不能自拔，还是从容一笑。

面对缺憾，你是抱怨不休、心乱神迷，还是坦然赶路。

面对缺憾，你是手忙脚乱、苦恼不已，还是别图发展。

人生免不了沟沟坎坎，再美丽的人生也会有不尽人意的时候。

缺憾是美，需要勇敢的去面对。

苦难是一种财富

在逆境中，我们会经受各种考验与锤炼，百炼成钢，成就我们非凡的意志和能力。逆境并不可怕，可怕的是你把它看成结局而不是过程。

你现在的不如意，逆境、挫折乃至苦难都是你的财富！人们常说："苦难是最好的大学。"古今中外，凡成大事者，很多都是从苦难中走过来的。

1930 年 3 月，正是春寒料峭的季节，美国田纳西州的一个街道上，一个四十多岁的中年人，正挣扎在饥饿的边缘。

在此之前，他是一位出色的售货员，曾经为田纳西的无数个商店经销过商品，他的营销策略为他们带来了巨大的商机和利润，但好景不长，一次不好的时运，葬送了他的营销之路。

现在，他孑然一身，一贫如洗，他曾经想着去找那些自己帮助过的人，但他们一定会拒绝的，他们无法接受他的贫穷。毕竟不是昨天啦，世态炎凉，说得一点没错呀。

正当他走投无路时，他发现一家小餐厅的外面挂着招聘广告，他们这里要招收厨师，但薪金却低得可怜，一年的工资还不如自己以前一个月的多，在饥寒交迫面前，他放弃了理想和自大的念头，他推开那扇原本虚掩的门，开始了一种新的生活。

他的任务是烹制鸡块，这是他以前从未做过的行业，但做起来其实也很简单，他只需要按照人家的配料把鸡块扔进锅里煮，然后把它捞出来，整个过程就这么简单。

　　和他在一起的有三个人，他们一个个懒得要命，见到有新人来，便将全部的工作并且变本加厉地推给了他，他本想发作，但想到自己刚来，本来就应该多做一些，便忍气吞声地埋头苦干。

　　几个流程下来，他竟然掌握了煮鸡的整个过程，他觉得这种做法是有问题的。他曾经品尝过用这种方法制作成的鸡块，没有一点香味，这也直接导致了这家餐厅生意的惨淡。

　　他给老板提建议，提出应该改善一下配方，多加一些香料或者其他调料。老板没听进去，还告诉他："你的职责是制作鸡块，这些不是你考虑的，不要多管闲事，我这里可是祖传秘方，不会有错的。"

　　他的好意换来了一顿谩骂，他气愤交加，本想扬长而去，但一种钻研的思想还是使他留了下来，灵光闪现的瞬间，他似乎找到了一条属于自己的奋斗之路。

　　在工作中，他利用别人休息的时间到厨房里钻研，并且在鸡块上试着加一些其他的香料。

　　一天，他无意中将一块鸡腿掉进了正在加热的油里，感到万分紧张。因为老板说过油是不能够随便浪费的，一旦发现就要被罚款或者扣掉工资，幸亏没人发现，他赶紧捞出了鸡块，扔了实在可惜，他便将它扔进嘴里。一个奇迹出现了，他感觉无意中炸出的鸡块香辣可口，他觉得成功在向自己招手。

　　经过无数次的研制，1932 年的 6 月，在他的家乡，离田纳西州不远的肯德基州，这位中年人推出了一种新型的快餐食品——炸鸡。很快，这种食品适应了人们快节奏高效率的生活方式，开张不到一年，它的声誉便传遍了整个肯德基州。

　　为了增加营业范围，这位年轻人又扩大了经营渠道，他将人人喜欢吃的面包和炸鸡融合在一起，这种创新不仅满足了人们喜欢甜食的需求，而且还可以调适人们的趣好，真可谓一箭双雕。

　　现在，肯德基已经遍布全球 80 多个国家，目前拥有超过 9600 家连锁店，在这个地球上，几乎每天都有一家肯德基店开张。

　　这位中年人就是肯德基的创始人桑德斯上校，说起自己晚来的成功，他只说了一句话："我相信苦难，因为苦难是一种人人敬而远之的味道，但我喜欢将它夹在面包里慢慢品尝。"

苦难是一种磨练，对于善于利用的人来说还是一种修养，从中可以得到很多，在他们看来生活和悟道一样，需用心体会。实质上生活本质上就是一种道，每一个人都有着独特的道，参悟了也领略了就会成功。许多的杰出人士就是这么走出来的，文学家更是如此。

什么家都是一样，前期的生活充满了苦难。社会之中也不乏没有经历苦难而成功的人，只能说他们很幸运。幸运并不是一种内涵，而是一种特殊的机遇。在相同的平台上，这些人远比于经历苦难而成功的人来说逊色了许多。没有对生活生命的认识，或许有，只是不怎么深刻。一般有着影响力的人物都是对生命生活有着足够深的认识，这就是苦难所赐予他们的。

由此可见，真正能激起人振奋的只有苦难！

生活可以无所谓，生命可以无所求。无所谓的生活极其乐观，无所求的生命极其悲观。乐观与悲观不能失调，在一个完整的生命中，二者有着一定的比例。成功的生命对乐观和悲观都不排斥，同时存在才使得生命如此的绚丽迷人。我们往往只是看到其外表，有些时候还是悲观占上风，到了一天你认为自己有足够的能力让自己乐观的时候，一切又恢复了原来的自然。把苦难流浪成寓言！

画龙点睛

　　苦难是一笔财富，是对人生的一种考验。如果能善待苦难，就能够忍受苦难、超越苦难，最终成为人们羡慕的成功者。

明日复明日

我的梦想毫无价值，我的计划无足轻重，我的目标遥不可及。除非我付诸行动，否则一切都变得毫无意义。

不论地图标注得多么详尽，比例多么精密，它都永不可能使其拥有者移动哪怕一英尺的距离；不论一纸法律条文多么公正，它也不可能预防一宗犯罪。只有行动才是惟一的导火索，它使地图、法律条文以及我的梦想、计划和目标成为有生力量。行动就像食物和水分一样会滋养我们的成功之花。

我的畏缩不前源于恐惧。现在，我从所有勇敢的心灵深处，挖掘并领悟到了这个秘密。我知道，必须毫不犹豫地行动起来，才能战胜恐惧，才能使内心的动摇消失殆尽；我知道，不管恐惧多么巨大，通过行动我们都可以变得镇定。

今后，我会记住萤火虫的启示：它发出光芒，只是在振翅飞行的时候，即只是在它的行动中。我愿成为一只萤火虫，即使是在白天，不管阳光多么耀眼，也将无法阻挡我的光芒。让别人像蝴蝶那样精心装扮双翅，却依赖花朵的施舍维持生命吧！我要像萤火虫那样，用自己的光芒照亮世界。

我不会逃避今天的责任，而把它们推给明天，因为我知道，明天永远不会到来。让我立刻行动起来吧，即使这行动不能带来幸福或成功。但是，这种失败也胜过坐以待毙。事实上，也许我的行为采摘不到果实，但不采取行动，所有的果实都会在藤上烂掉。

现在，我会立刻行动。从此，每时每刻我都要一遍又一遍地重复这些话，直到它们就像我的呼吸一样，成为一种习惯，我往后的行动会像眨眼一样，成为一种本能。有了这些言语，我就可以调节心态，付出成功所需的每一个行动，迎接失败者避之不及的每一个挑战。

我将一而再，再而三地重复这些话，当我清晨醒来时，我会说这些言语。这样，当失败者卧床不起时，我会一跃而起。

因为现在的一切都是属于我的。明天是懒人给自己预留的工作日，我不懒；明天是弃恶从善的日子，我不邪恶；明天是由弱变强的日子，我并不软弱；明天是失败者成功的日子，我不是失败者。

狮子饿了会去吃东西，老鹰渴了会去喝水，如果他们不行动，就都会死亡。我企盼成功，渴望幸福和心灵的安逸。除非立刻行动，否则，我的整个生命都会在失败、痛苦和失眠中消亡。

画龙点睛

"今日事，今日毕"，我们的世界中有太多的明天。我们总是把今天没做完的事留到明天，明天又有许多事迎接我们。这样日积月累，每件没做完的事情，就相当于一粒小石子，越积越多，最终只会变成一块大石头，压得我们喘不过气来。人生的道路就会负重前行，注定不会走太远。时间对于每个人来说都是平等的，它不因你是勤奋者而多给，也不因你是懒惰者而少给。每个人每天的时间只有 24 小时。今天的事情留给明天，明天不会因为要处理今天的事情而多出一秒钟。所以，做自己的主人，从今天开始，做好每一件事，你就会轻装上阵。